Um Coração
Ardente

Coleção Lygia Fagundes Telles

CONSELHO EDITORIAL
Alberto da Costa e Silva
Antonio Dimas
Lilia Moritz Schwarcz
Luiz Schwarcz

COORDENAÇÃO EDITORIAL
Marta Garcia

LIVROS DE LYGIA FAGUNDES TELLES
PUBLICADOS PELA COMPANHIA DAS LETRAS
Ciranda de Pedra 1954, 2009
Verão no Aquário 1963, 2010
Antes do Baile Verde 1970, 2009
As Meninas 1973, 2009
Seminário dos Ratos 1977, 2009
A Disciplina do Amor 1980, 2010
As Horas Nuas 1989, 2010
A Estrutura da Bolha de Sabão 1991, 2010
A Noite Escura e Mais Eu 1995, 2009
Invenção e Memória 2000, 2009
Durante Aquele Estranho Chá 2002, 2010
Histórias de Mistério, 2002, 2010
Passaporte para a China, 2011
O Segredo e Outras Histórias de Descoberta, 2012
Um Coração Ardente, 2012
Os Contos, 2018

Lygia Fagundes Telles
Um Coração Ardente
Contos

POSFÁCIO DE
Ivan Marques

2ª reimpressão

COMPANHIA DAS LETRAS

Copyright © 2012 by Lygia Fagundes Telles

Os contos "Um Coração Ardente", "Biruta", "As Cartas" e "O Encontro" foram originalmente publicados em *Histórias do Desencontro* (1958); "Dezembro no Bairro", "O Dedo", "O Noivo" e "As Cerejas", em *Jardim Selvagem* (1974); "Emanuel" e "A Estrela Branca", em *Mistérios* (1981).

Grafia atualizada segundo o Acordo Ortográfico da Língua Portuguesa de 1990, que entrou em vigor no Brasil em 2009.

CAPA E PROJETO GRÁFICO
warrakloureiro
sobre detalhe de *Pacaembu*,
de Beatriz Milhazes, 2004, acrílica sobre tela, 268,5 × 343 cm. Coleção Federico Ceretti, Londres.
Reprodução de Fausto Fleury.

FOTO DA AUTORA
Adriana Vichi

PREPARAÇÃO
Cristina Yamazaki/ Todotipo Editorial

REVISÃO
Huendel Viana
Ana Luiza Couto

Os personagens e as situações desta obra são reais apenas no universo da ficção; não se referem a pessoas e fatos concretos, e sobre eles não emitem opinião.

Dados Internacionais de Catalogação na Publicação (CIP)
(Câmara Brasileira do Livro, SP, Brasil)

Telles, Lygia Fagundes
Um coração ardente: contos / Lygia Fagundes Telles; posfácio de Ivan Marques. — 1ª ed. — São Paulo: Companhia das Letras, 2012.

ISBN 978-85-359-2183-0

1. Contos brasileiros I. Marques, Ivan. II. Título.

12-11289   CDD-869.93

Índice para catálogo sistemático:
1. Contos: Literatura brasileira 869.93

[2021]
Todos os direitos desta edição reservados à
EDITORA SCHWARCZ S.A.
Rua Bandeira Paulista, 702, cj. 32
04532-002 — São Paulo — SP
Telefone: (11) 3707-3500
www.companhiadasletras.com.br
www.blogdacompanhia.com.br
facebook.com/companhiadasletras
instagram.com/companhiadasletras
twitter.com/cialetras

*Ao meu filho Goffredo
e ao Paulo Emílio
dedico este livro*

Sumário

UM CORAÇÃO ARDENTE
Um Coração Ardente 11
Dezembro no Bairro 17
O Dedo 25
Biruta 30
Emanuel 39
As Cartas 47
O Noivo 56
A Estrela Branca 66
O Encontro 74
As Cerejas 81

SOBRE LYGIA FAGUNDES TELLES E ESTE LIVRO
Posfácio — *Poesia das Coisas*, Ivan Marques 93
A Autora 99

Um Coração Ardente

Um Coração
Ardente

O velho voltou-se para a janela que emoldurava o céu estrelado. Sorriu. Tinha uma bela voz.

— Mas eu dizia que na minha juventude fui um escritor que acabou enveredando por todos os gêneros literários, fiz poesia, prosa... Na realidade eu não tinha talento mas tinha a paixão e daí meti-me também na política, cheguei a escrever uma doutrina para meu partido enquanto mergulhava na filosofia, ó Sócrates, ó Platão!... Trazia na lapela do paletó o distintivo de filósofo, uma corujinha de esmalte vermelho pousada num livro.

Calou-se. Acendeu um cigarro. Tinha no olhar uma expressão de afetuosa ironia, zombava de si mesmo mas sem amargura.

— Eu não tinha talento nem para a literatura e nem para a filosofia, nenhuma vocação para aqueles ofícios que me fascinavam, essa é a verdade, tinha um coração ardente, eis aí, tinha apenas um coração ardente. Meu primeiro filho Athos herdou esse tipo de coração e comecei a me preocupar porque quando as emoções falam mais alto do que a lógica a coisa vai ficando perigosa, está me compreendendo? Eu o observava e de repente tive medo, fiquei vidente, adivinhando o que ia acontecer lá adiante...

Acendi um cigarro e esperei olhando para o tapete da sala com suas rosáceas. Ele demorou para falar, novamente voltado para o céu.

— Um antigo poeta escreveu: *Pois só quem ama pode ter ouvido capaz de ouvir e de entender estrelas...* Então devo ser surdo porque amei tanto e nunca ouvi a voz de nenhuma delas.

Voltou-se para mim, tinha agora uma sombra na fisionomia.

— Mas eu dizia que o meu primeiro filho Athos herdou esse tipo de coração e gente assim ama mais, odeia mais, vai se queimando e vai se renovando, mas de onde vem tamanha energia? Um mistério. Em redor as pessoas ficam fascinadas, é sedutor um coração ardente, mas quem não quer se aquecer nessa chama? Pois meu filho Athos herdou esse coração, matou-se antes de completar vinte anos... Com essa idade eu ainda morava com a família, meu irmão no quarto ao lado a se queixar para o pai, "Esse seu filho leu o *Dom Quixote* e agora está se sentindo o próprio, passa a noite acordado e andando de um lado para outro sem parar mas será que não podia ao menos tirar os sapatos?!". Fiquei irritado, resolvi viajar e então o pai veio falar comigo, "Calma, filho, calma! Você está estudando e vai agora perder as aulas? Interromper o curso? Desconfio que o que está lhe fazendo falta é uma namorada, siga o meu conselho, que tal uma namorada?...".

Encontrei a namorada tomando coalhada numa leiteria, Ah! aqueles belos olhos negros. Chamava-se Alexandra e era órfã de pai, um russo que tinha se matado e agora ela estava só no mundo porque a mãe saiu para comprar pão e desapareceu. Minha paixão foi repentina, Ai! Alexandra. No segundo encontro, na despedida achei-a assim meio hesitante, preocupada. Contudo, beijou-me na face e deu o endereço, Rua da Glória, 12. Comprei um ramo de rosas e fui até a tal rua mas perdi a fala quando me atendeu uma velhota de cabelos pintados de vermelho, era a dona do prostíbulo. Entreguei-lhe tremendo o ramo de rosas, Para a Alexandra, ela sabe, o amigo da leiteria! disse e fui indo completamente desnorteado pela rua afora, mas então a Alexandra... Pois o meu filho Athos tinha também esse coração ardente e foi por isso que saí correndo feito louco quando me avisaram que sua noiva teve um acidente no trânsito e estava no hospital mas sem a menor esperança. Morreu! pensei mas não fui para o hospital, fui para casa porque sabia, ah! sabia que ele já estava em casa. Desabava uma tempestade e eu correndo pela rua afora a acenar para os carros, tentei agarrar um deles, Depressa que o meu filho vai se matar! Cheguei encharcado, sem fôlego, atirei-me nos primeiros degraus da escada e o silêncio. Fiquei assim largado e com a cara no chão a olhar para uma formiga que tentava sair da fenda do degrau e o silêncio. Então me levantei de um salto e subi a escada aos gritos embora soubesse que ele não podia mais me ouvir, Não, filho, não!...

O velho ficou respirando de boca aberta. Esperei. Quando ele recomeçou a falar voltei a encará-lo mas sabia o que tinha acontecido, encontrou o filho no chão, o peito varado por uma bala. Baixei o olhar para a rosácea do tapete.

— Tive mais dois filhos, ah! esses são economistas sólidos, tranquilos, mas aquele primeiro que herdou este coração... Eu dizia que meu pai ouviu a história do meu encontro com Alexandra, a leiteria e depois... Apertou-me num abraço e falou nas três maiores virtudes: a Fé, a Esperança e a Caridade. E se eu escolhesse a Caridade e me empenhasse até o fundo da alma para ajudar aquela moça que devia estar esperando por alguém que lhe estendesse a mão? Mas sem prejudicar meu trabalho, tocando para a frente os meus estudos, ah! como me conhecia aquele pai. Fiz minhas sondagens, pesquisei e então voltei à Rua da Glória, olha aí a ironia desse nome... Atendeu-me a mesma mulher de cabelo vermelho. Quando perguntei por Alexandra ela me encarou demoradamente, não era o moço das rosas? Ah! sim, pois a Xandra, esse era o apelido, estava livre. Avisou-me em seguida, teria que pagar adiantado. Paguei, ela agradeceu e me conduziu ao longo corredor com o desbotado tapete azul. Bateu de leve na primeira porta, "Xandra, uma visita!". Alexandra estava sentada no chão, pregava miçangas vermelhas num vestido. Levantou-se, apontou sorridente para as rosas no jarro e avançou para me beijar. Afastei-a delicadamente, viera só para conversar. Ela me encarou, "Só conversar?... Tudo bem, meu querido, você manda! Aceita tomar um chá?". Acendeu a espiriteira e serviu-me o chá com as bolachas que tirou de uma lata. Sentou-se em seguida no chão e recomeçou a lidar com as miçangas. Comecei por fazer-lhe perguntas e ela foi respondendo, a infância pobre, a morte do pai numa briga, a mãe que acabou sumindo neste mundão. Não tinha estudado, saiu da escola com o primeiro namorado e depois, ora depois... Quando se calou fui me sentar ao seu lado no chão e comecei a anunciar meus planos, Ah! tinha ótimos planos de futuro, tomara até as primeiras providências: ela podia sair imediatamente daquela casa e iria para um excelente pensionato católico e em seguida a escola, Que maravilha aprender a ler, escrever... Mais tarde um emprego, deixasse por minha conta porque aos poucos iria cuidar de tudo. Ela ouvia em silêncio, lidando com suas miçangas. Às vezes me encarava mas logo baixava a cabeça. Quando me calei delicadamente me avisou, "Acabou o nosso tempo!". Ficou ainda um momento em silêncio, me olhando. E logo recomeçou a falar, Ah! sim, agradecia, mas não queria mentir porque a verdade é que estava muito feliz ali. Gostava da casa, da dona, "São todas minhas amigas! É esta a minha vida, sair daqui nem pensar, nem pensar!", repetiu e me encarou rindo, "Acho que o senhor é um padre, não é um padre?", perguntou e foi me levando até a porta. Beijou minha mão. Avisei-lhe que não era padre mas alguém que gostaria

tanto de ajudá-la, era isso, ajudá-la. Ela curvou-se, "Agradeço muito, senhor, mas sair daqui não!".
Quando contei ao meu pai o encontro ele achou graça, afinal tinha tentado praticar a nossa virtude maior, não podia esquecer isso.
Uma semana depois voltei à Rua da Glória porque me lembrei que não tinha deixado meu endereço, e se ela resolvesse mudar de ideia? Encontrei a casa no maior reboliço, ainda na calçada já ouvi as vozes exaltadas. Atendeu-me a mulher dos cabelos vermelhos, chorava e enxugava os olhos numa toalha enrolada no pescoço, "Aconteceu uma tragédia, a minha menina, a Dedê se matou, era a mais bonita e a mais querida de todas e se matou!", ficou repetindo enquanto esfregava a toalha nos olhos. Avisou que a Xandra passou a noite fora e não tinha ainda voltado. Tentei então me desvencilhar mas ela agarrou meu braço e foi me conduzindo pelo longo corredor com o mulherio zanzando de um lado para o outro feito barata tonta em chapa quente do fogão. "Venha, venha ver a pobrezinha, tomou soda cáustica, era a mais bonita de todas, já chamei a polícia!"
Entrei no último quarto do longo corredor. Estendida na cama estava a moça coberta com um lençol. Na mesa de cabeceira a lata de formicida, uma garrafa de água e o copo quebrado no chão. Não vi seu rosto que o lençol cobria mas estavam descobertos os pequenos pés muito brancos, as unhas pintadas com esmalte rosado. Encostei-me no batente da porta e acendi um cigarro. Minha presença acabou por irritar a mulher sentada numa almofada, "E esse daí com essa cara! Está achando divertido, hein?! Vocês homens são todos uns canalhas, essa coitadinha era ainda uma criança, escutou isso? Era ainda uma criança, vinha sempre se queixar, era ainda uma criança!". Encarei a mulher mas pensava em Alexandra, "Uma criança que gostava desse brinquedo, não gostava?", perguntei e tive que me abaixar para não levar na cabeça o chinelo que me atirou, "Canalha, sujo! Saiba que a Dedê era uma menina direitinha, vinha con-

versar e chorava tanto, queria a mãe, queria o pai, ah! a coitadinha queria mudar de vida, se casar e ter uma família, filhos, tudo assim direitinho, mas alguém pensou em dar a mão pra ela? Repetiu tantas vezes que se ao menos soubesse ler mas assim, com tudo tão difícil lá fora que emprego podia arrumar? Chorou muito, escutou isso? Tinha só quinze anos mas vocês, uns canalhas, canalhas!...".

Fui indo pelo corredor completamente atordoado, quer dizer que errei de quarto?!... Mais alguns passos, pensei e me voltei ainda para ver a maçaneta escura, se desse mais alguns passos... Entrei então no quarto errado? A mulher do cabelo vermelho reapareceu de repente, "Uma tragédia! E essa polícia que ainda não chegou, o senhor viu a pobrezinha? Nunca foi alegre que nem as outras mas não pensei que fosse se matar!".

Acompanhou-me até o portão e na despedida inclinou-se respeitosamente e beijou minha mão, também estava certa que eu era um padre. Fui seguindo pela rua meio atordoado, Ah! vida tão louca e ao mesmo tempo tão lúcida. Os acasos, os imprevistos, vida ingênua e de repente astuta, apesar de tudo valia a pena viver, uma beleza a vida!...

Parei na esquina e baixando o olhar vi brotando entre as pedras da sarjeta uma pequenina flor de cabeça vermelha. Pensei em Alexandra com suas miçangas. Inclinei-me, Minha florzinha tonta, você é tão mais importante porque você está viva e que extraordinária experiência é viver! Aproximei-me de uma árvore com sua frondosa folhagem. Apertei no peito o coração, era isso, Um coração primitivo! disse em voz baixa e quando encostei a face no tronco da árvore foi como se tivesse encostado a face na face de Deus.

Dezembro
no Bairro

O cinema no porão da nossa casa não tinha dado certo porque antes mesmo do intervalo o Pedro Piolho pôs-se a berrar que não estava enxergando nada, que aquilo tudo era uma grandessíssima porcaria. Queria o dinheiro de volta. Os outros meninos também começaram a vaiar, ameaçando quebrar as cadeiras. Foi quando apareceu minha mãe mandando que toda a gente calasse a boca e exigindo que devolvêssemos o dinheiro das entradas. Proibiu ainda que fizéssemos outras sessões iguais. E levou a cesta de pão que eu segurava no colo, estava combinado que no intervalo eu devia sair anunciando *Balas, bombons, chocolates!...* Embora houvesse na cesta apenas um punhado de rebuçados de Lisboa.
— Você não presta como chefe — disse meu irmão ao Maneco. — Com que dinheiro vamos agora fazer o presépio? Eu avisei que o projetor não estava funcionando, não avisei?
Maneco era o filho do Marcolino, um vagabundo do bairro. Magro e encardido, tinha os cabelos mais negros que já vi em minha vida.

— Mas só falta comprarmos o céu — retrucou o Maneco.
— Papel de seda azul para o céu e papel prateado para as estrelas, eu já disse que faço as estrelas. Não fiz da outra vez?
— Não quero saber de nada. Agora o chefe sou eu.
— É o que vamos decidir lá fora — ameaçou Maneco avançando para o meu irmão.
Foram para a rua. Em silêncio seguimos todos atrás. A luta travou-se debaixo da árvore, uma luta desigual porque meu irmão, que era um touro de forte, logo de saída atirou Maneco no chão e montou em cima. Mordeu-lhe o peito.
— Pede água! Pede água!
Foi aí que apareceu o Marcolino. Agarrou o filho pelos cabelos, sacudiu-o no ar e deu-lhe um bofetão que o fez rodopiar até se estender no meio da calçada.
— Em casa a gente conversa melhor — disse o homem apertando o cinto das calças. A noite estava escura mas mesmo assim pudemos ver que ele estava bêbado. — Vamos embora, anda!
Maneco limpou na mão o sangue do nariz. Seus cabelos formavam uma espécie de capacete negro caindo na testa até as sobrancelhas. Fechou no peito a camisa rasgada e seguiu o pai.
— Os meninos já entraram? — perguntou minha mãe quando me viu chegar.
— Estão se lavando lá no tanque.
Ela ouvia uma novela no rádio. E cerzia meias.
— Que é que vocês estavam fazendo?
— Nada...
— O Maneco estava com vocês?
— Só um pouco, foi embora logo.
— Esse menino é doente e essa doença pega, já avisei mil vezes! Não mandei se afastarem dele, não mandei? Um pobre de um menino pesteado e com o pai daquele jeito...
— É que o céu do nosso presépio queimou, mãe! Não sei quem acendeu aquela vela e o céu pegou fogo. O Natal está chegando e só ele sabe cortar as estrelas, só ele é que sabe.

— Vocês andam impossíveis! Continuem assim e veremos se vai ter presente no sapato. Já sabíamos que o Papai Noel era ela. Ou então o pai, quando calhava de voltar das suas viagens antes do fim do ano. Mas ambos insistiam em continuar falando no santo que devia descer pela lareira, a tal lareira que por sinal nunca tivemos. Então a gente achava melhor entrar no jogo com a maior cara de pau do mundo. Eu chegava ao ponto de escrever bilhetinhos endereçados a Papai Noel pedindo-lhe tudo o que me passava pela cabeça. Minha mãe lia os bilhetes, guardava-os de novo no envelope e não dizia nada. Já meus irmãos, mais audaciosos, tentavam forçar o cadeado da cômoda onde ela ia escondendo os presentes: enfiavam pontas de faca nas frestas das gavetas, cheiravam as frestas, trocavam ideias sobre o que podia caber lá dentro e se torciam de rir com as obscenidades que prometiam escrever nas suas cartas. Mas quando chegava dezembro, nas vésperas da grande visita, ficavam delicadíssimos. Faziam aquelas caras de piedade e engraxavam furiosamente os sapatos porque estava resolvido que Papai Noel deixaria uma barata no sapato que não estivesse brilhando.

Nesse Natal pensamos em ganhar algum dinheiro com o tal cinema no porão. Mas o projetor não projetava nada, foi aquele vexame. Restava agora o recurso do presépio com entrada paga, eu ficaria na porta chamando os possíveis visitantes com minha bata de procissão e asas de anjo.

— E o céu? — lembrou meu irmão lançando um olhar desconfiado na direção de Maneco. — Como vai ser o céu?

Estávamos sentados nos degraus de pedra da escadaria da igreja. Meus irmãos tinham ido me buscar depois da aula de catecismo e agora tratávamos dos nossos assuntos, tão pasmados quanto as moscas estateladas em nosso redor, tomando sol. Pareciam tão inertes que davam a impressão de que poderíamos segurá-las pelas asas. Mas sabíamos que nenhum de nós prenderia qualquer uma delas assim naquela aparente abstração.

— Eu já prometi que faço as estrelas, dou o papel prateado das estrelas — disse Maneco riscando com a ponta da unha as pernas magras, com marcas de cicatrizes. Baixou a cara amarela. — Já andei tirando areia de uma construção, está num caixotinho lá em casa, uma areia branca, limpa, para o chão do presépio.

— Você também dá o papel.

— Dou o prateado das estrelas, estrela tem que ser prateada. O papel azul do céu é com vocês que já estou dando muito.

Confabulamos em voz baixa. E ficou decidido que no dia seguinte iríamos catar alguma coisa num palacete vago da Avenida Angélica, na hora em que o vigilante devia sair para almoçar. Mas o Maneco não apareceu. Durante três dias esperamos por ele.

— Ficou com medo — disse meu irmão. — É um covarde, um besta.

O Polaquinho protestou:

— Mas ele está doente, não pode nem se levantar. Meu pai acha que ele vai morrer logo.

— Não interessa, prometeu e não cumpriu, é um covarde. Vamos nós e pronto.

Entramos pela janela dos fundos do palacete da Avenida Angélica, a janela estava aberta. Enfiamos numa sacola de feira todas as lâmpadas e maçanetas de porta que pudemos desatarraxar e fugimos antes que o vigilante voltasse. Quando chegamos em casa, fomos reto para o porão e abrimos a sacola. A verdade é que longe do palacete, isoladas dos grandes lustres de cristal e daquelas portas trabalhadas, as lâmpadas e maçanetas tinham perdido todo o prestígio: vistas assim de perto, não passavam de maçanetas gastas e de um monte de lâmpadas empoeiradas e que talvez não se acendessem nunca. Esfreguei na palma da mão a mais escura delas: e se fosse a lâmpada mágica do Aladim? O que eu pediria ao esfumaçado gênio de calças bufantes e argolas de ouro?

— Depressa, gente, depressa! Tem um Papai Noel lá na loja do Samuel — anunciou o Marinho chegando quase sem fôlego.
— Um Papai Noel de verdade? Na loja do Samuel? Deixe de mentira...
— Mentira nada! Venham depressa que ele está lá com a barba branca, a roupa vermelha, juro que é verdade! Um Papai Noel na loja do Samuel, a loja mais mambembe do bairro?
— Se for mentira, você me paga — ameaçou o Polaquinho encostando o punho fechado no queixo do Marinho.
— Quero ficar cego se estou mentindo!
Esse mesmo juramento ele fazia quando contava as piores mentiras. Mas o fato é que já estávamos há muito tempo ali parados diante da sacola aberta, sem nos ocorrer que destino dar àquilo tudo, era preciso fazer outra coisa. Fomos atrás do Marinho que ia falando na maior agitação, descrevendo o Papai Noel de vermelho, a bata debruada de algodão branco, como aparecia nas ilustrações das revistas. Quando dobramos a esquina, ficamos de boca aberta, olhando: lá estava ele de carne e osso, a se pavonear de um lado para outro sob o olhar radiante de Samuel na porta da loja. Fomos nos aproximando devagar. Sacudindo um pequeno sino dourado, o Papai Noel alisava a barba postiça e dizia gracinhas ao filho de um tipo que parecia ter dinheiro.
— Não quer encomendar nada a este Papai Noel? Vamos queridinho, faça seu pedido... Uma bola? Um patinete?
— Estou conhecendo esse cara — resmungou o Polaquinho apertando os olhos. — Já vi ele em algum lugar...
Sentindo-se observado, o homem deu-nos as costas enquanto estendia a mão enluvada na direção do menino. Fizemos a volta até vê-lo de frente. Foi o bastante para o homem esquivar-se de novo, fingindo arrumar os brinquedos dependurados na porta. Essa segunda manobra alertou-nos. Fomos nos aproximando assim com ar de quem não estava querendo nada. O queixo e a boca não se podiam ver sob o

emaranhado do algodão da barba. O gorro vermelho também escondia toda a cabeça, mas e aqueles ombros curvos e aquele jeito assim balanceado de andar?... Era um conhecido, sem dúvida. Mas quem? E por que nos evitava, por quê?!

Penso agora que se ele não tivesse disfarçado tanto não teríamos desconfiado de nada: seria mais um Papai Noel como dezenas de outros que víamos andando pela cidade. Mas aquela preocupação de se esconder acabou por denunciá-lo. Ficamos na maior excitação: ele estava com medo. Nunca nos sentimos tão poderosos.

— Esse filho da mãe é aqui do bairro — cochichou meu irmão. — Dou minha cabeça a cortar como ele é daqui do bairro.

Polaquinho olhava agora para aqueles sapatos deformados sob as perneiras de oleado preto fingindo bota. Os sapatos! Aqueles velhos sapatos de andarilho eram a própria face do homem. Jamais sapato algum acabou por adquirir tão fielmente as feições do dono: era o Marcolino, pai de Maneco.

— Marcolino!

Ele voltou-se como se tivesse sido golpeado pelas costas. Desatamos a rir e a gritar, o malandro do Marcolino se fazendo de Papai Noel, era o Marcolino!...

A alegria da descoberta nos fez delirantes, pulávamos e cantávamos aos gritos, fazendo roda, de mãos dadas, "Mar-co-li-no, Mar-co-li-no!...". Em vão ele tentou prosseguir representando o seu papel. Rompendo o frágil disfarce do algodão e dos panos, sentimos sua vergonha e sua raiva. Duas velhas da casa vizinha abriram a janela e ficaram olhando e rindo.

— Molecada suja! — gritou o Samuel saindo da loja. Sacudiu os punhos fechados. — Fora daqui, seus ladrãozinhos! Fora!

Fugimos. Para voltar em seguida mais exaltados, com Firpo que apareceu de repente correndo e latindo feito louco, investindo às cegas por entre nossas pernas. Gritávamos compassadamente, com todas as forças:

— Mar-co-li-no! Mar-co-li-no!...

Ele então arrancou a barba. Arrancou o gorro, arrancou a bata e atirou tudo no chão. Pôs-se a pisotear em cima, a pisotear tão furiosamente que o Samuel não pensou sequer em impedir, ficou ali parado, olhando. E dessa vez ele não tinha bebido, era raiva mesmo, uma raiva tamanha que chegou a nos assustar quando vimos sua cara amarfanhada, branca. Em meio ao susto que nos fez calar ocorreu-me pela primeira vez o quanto o Maneco era parecido com o pai quando ficava assim furioso, ah, eram iguais aqueles capacetes de cabelo desabando até as sobrancelhas negras. Quando se cansou de pular em cima da fantasia, foi-se embora naquele andar gingado, a fralda da camisa fora da calça, os sapatões esparramados.
Samuel entrou de novo na loja. Fecharam-se as janelas. Firpo saiu correndo, levando a carapuça vermelha nos dentes enquanto o vento espalhava o algodão da barba por todo o quarteirão. Polaquinho apanhou alguns fiapos e grudou-os no queixo mas ninguém achou graça. Voltamos à nossa sacola de maçanetas e lâmpadas.

No dia seguinte um outro Papai Noel mais baixo e gordo passeava diante da loja. Olhou-nos com ar ameaçador mas seguimos firmes, esse nós não conhecíamos. Depois do jantar meu irmão instalou-se em cima da árvore na calçada, diante da nossa casa. Abriu a folhagem e ficou olhando lá de cima.
— Boca de forno!
— Forno! — repetimos fazendo continência.
— Fareis tudo o que o vosso mestre mandar?
— Faremos com muito gosto!
— Quero que vocês entrem no porão do Maneco, gritem duas vezes *Mar-co-li-no! Mar-co-li-no!* E voltem correndo. Já!
Saímos em disparada pela rua afora. O portão do cortiço estava apenas cerrado. Duas pretas gordas conversavam refesteladas em cadeiras na calçada. Empurramos devagarinho a portinhola carcomida. Entramos. E paramos as-

sustados no meio do porão de paredes encardidas e trastes velhos amontoados nos cantos. Sabíamos que eles eram pobres, mas assim desse jeito? Maneco estava sozinho, deitado num colchão com a palha saindo por entre os remendos. Mal teve tempo de esconder qualquer coisa debaixo do lençol. Tinha na mão uma tesoura, devia estar cortando o papel que escondeu. Sob a luz débil da lamparina em cima do caixotinho ele me pareceu completamente amarelo, o cabelo negro mais crescido fechando-lhe a cara. Foi essa a última vez que o vimos, morreu na semana seguinte.

— Seus traidores! — gritou com voz rouca. — Que é que vocês querem aqui, seus traidores! Traidores!

Fomos saindo em silêncio e de cabeça baixa. Só eu olhei ainda para trás. Ele fungava por entre as lágrimas enquanto procurava esconder debaixo do lençol a ponta de uma estrela de papel prateado.

O Dedo

Achei um dedo na praia. Eu ia andando em plena manhã de sol por uma praia meio selvagem quando de repente, entre as coisas que o mar atirou na areia — conchas, gravetos, carcaças de peixes, pedras —, vislumbrei algo diferente. Tive que recorrer aos óculos: o que seria aquilo? Só depois de aparecer o anel é que identifiquei meu achado, o dedo trazia um anel. Faltava a última falange.

Não gosto nada de contar esse episódio assim com essa frieza, como se ao invés de um dedo eu tivesse encontrado um dedal. Sou do signo de Áries e os de Áries são apaixonados, veementes, Achei um dedo, um dedo! devia estar proclamando na maior excitação. Mas hoje minha face lúcida acordou antes da outra e está me vigiando com seu olho gelado. "Vamos", diz ela, "nada de convulsões, sei que você é da família dos possessos mas não escreva como uma possessa, fale em voz baixa, calmamente."

"Calmamente?! Mas foi um dedo que achei!", respondo e minha vigilante arqueia as sobrancelhas sutis: "E daí? Nunca viu um dedo?'". Tenho ganas de esmurrá-la: Já vi *mas não nessas circunstâncias*. O poeta dizia que era trezentos, trezentos e não sei quantos. Eu sou apenas duas: a verdadeira e a outra, tão calculista que às vezes me aborreço até a náusea. Me deixa em paz! peço e ela se põe a uma certa distância, me observando e sorrindo. Não nasceu comigo mas vai morrer comigo e nem na hora da morte permitirá que me descabele aos urros, Não quero morrer, não quero! Até nessa hora ela vai me olhar de maxilares apertados e olho inimigo no auge da inimizade: "Você vai morrer sim senhora e sem fazer papel miserável, está ouvindo?". Lanço mão do meu último argumento, tenho ainda que escrever um livro tão maravilhoso... E as pessoas que me amam vão sofrer tanto! E ela, implacável: "Ora, querida, as pessoas estão se lixando. E o livro não ia ser tão maravilhoso assim".

É bem capaz de exigir que eu morra como as santas. Recorro às minhas reservas florestais e pergunto-lhe se posso ao menos devanear um pouco em torno do meu achado, não é *todos* os dias que se acha um dedo. Ela me analisa com seu olho lógico: "Mas não exagere".

Fecho a porta. Mas então eu ia dizendo que passeava por uma praia solitária, nem biquínis, crianças ou barracas. Praia áspera e bela, quase intacta: três pescadores puxando a rede lá longe. Um cachorro vadio rosnando para dois urubus pousados nos detritos e o sol batendo em cheio na areia brilhante, cheia de coisas do mar de mistura com coisas da terra trabalhadas pelo mar. Guardei na sacola uma pedra cinzenta, tão polida que parecia revestida de cetim. Guardei um grosso pedaço de cipó, silhueta de serpente se endireitando para o bote. Guardei um punhado de estrelas-do-mar. Guardei um caramujo amarelo, o interior se apertando em espiral até a raiz inatingível, mas o dedo não guardei não.

Não senti asco quando descobri o dedo meio enterrado na areia, uns restos de ligamentos flutuando na espuma das pequeninas ondas. Lavado, o dedo parecia ser da mesma matéria branca dos peixes não fosse a presença do anel, o toque sinistro numa praia onde a morte era natural. Limpa. Inclinara-me para ver melhor o estranho objeto quando notei o pequeno feixe de fibras emergindo na areia banhada pela espuma. Quando recorri aos óculos é que vi: não era algodão mas uma vértebra meio descarnada — a coluna vertebral de um grande peixe? Fiquei olhando. Espera, mas o que seria aquilo? Um aro de ouro? Agora que a água se retraíra eu podia ver um aro de ouro brilhando em torno da vértebra, enfeixando as fibras que tentavam se libertar, dissolutas. Com a ponta do cipó, revolvi a areia. Era um dedo anular com um anel de pedra verde preso ainda à raiz intumescida. Como lhe faltasse a última falange, faltava o que poderia me fazer recuar; a unha. Unha pintada de vermelho, o esmalte descascando, acessório fiel ao principal até no processo da desintegração. Unha de mulher burguesa, à altura do anel do joalheiro que se esmerou na cravação da esmeralda. Penso que se restasse a unha certamente eu teria fugido, mas naquele estado de despelamento o fragmento do dedo trabalhado pela água acabara por adquirir a feição de um simples fruto do mar. Mas havia o anel.

A dona do dedo? Mulher rica e de meia idade que as jovens não usam joias, só as outras. Afogada no mar? A onda, começou inocente lá longe e foi se cavando cada vez mais alta, mais alta, Deus meu! A fuga na água e a praia tão longe, ah! mas o que é isso?... Explosão de espuma e sal. Sal.

Respirei. Mas que mulher vai de anel de esmeralda para o mar? A passageira de um transatlântico de luxo que afundou na tempestade? Mas fazia tempo que nenhum transatlântico naufragava, ocorreu-me o *Titanic*, mas isso tinha sido em 1912. A descrição da tragédia falava em mulheres fabulosas, afundando ainda enlaçadas em homens na apoteose do baile com as luzes acesas iluminando a superfície do mar onde logo começaram a boiar diademas, plumas... Houve também o *Princesa Mafalda*, que submergiu perto dos tubarões da Bahia (quando foi isso?). Os espíritos atônitos baixando nos terreiros, e a mãe de santo com seu turbante de rainha abrindo os braços, "Saravá, meu pai! Saravá!".

Podia ser ainda uma suicida, dessas que entram de roupa pelo mar adentro, o desespero é impaciente, ela mal teve tempo de encher os bolsos com pedras. A pedra verde no dedo. E se fosse a personagem de um crime passional, enfraquecida a hipótese de latrocínio pela presença do anel. Crime misterioso: mulher bonita, marido rejeitado e minhocando, roque-roque... A premeditação no escuro, tão profundo o silêncio no quarto que podia se ouvir até o murmurejar do pensamento, roque-roque... Ela acorda em pânico no meio da noite, "Mas que barulho é esse? Um camundongo?". Ele se aproxima sem poeira e sem emoção. No banheiro cintilante a proximidade da água facilita demais, os crimes deviam ser cometidos perto de cascatas. Ausência da cozinheira em licença remunerada para ir visitar a mãe. A casa na praia deserta foi uma solução, o homem feliz não tinha camisa, só maiô. O homem de maiô todos os dias vai à praia levando uma caixinha, Que será que ele leva naquela caixinha? Um detalhista: ideias miúdas, objetos miúdos. Na cabeça, um pequeno boné se tem sol. Era ele que andava com uma mulher grande, bonita? Era. E a mulher? Lá sei, deve ter viajado, ele ficou só. Parece que adora o mar, faça sol ou não, vai dar o seu passeio com seu sorriso e levando uma caixinha.

Por que será que cabeça de assassinado fica do tamanho do mundo? Um porta-chapéus seria a solução mas se ninguém mais usa chapéu?... Enfim, se sobrou a cabeça não sobrou o dedo que na manhã de garoa ele deixou no mar. O anel foi junto, era um anel tão afeiçoado à carne que se recusou a sair. Ele não insistiu, pois ficasse o dedo com seu anel, que sumam os dois! Nem os urubus saíram de casa nessa manhã. Ele saiu.

A pedra brilhava num tom mais escuro do que a água. Lembrei-me de um quadro: uma praia comprida e lisa, com flores brotando na areia, flores-dedos e dedos-flores. No quadro o insólito era representado por uma gota de sangue

pingando nítida da ponta de um dedo. No meu achado, o insólito era a ausência do sangue. E o anel.
A primeira pessoa que passar por aqui vai levar esse anel, pensei. Eu mesma — ou melhor, a outra, com falsa inocência não chegou a insinuar que eu devia guardar o anel na sacola? "Mais um objeto para a sua coleção, não é uma linda pedra?" Expulsei essa outra, repugnada. A morta de Itabira reclamava a flor que o distraído visitante do cemitério colhera na sua sepultura, "Eu quero a flor que você tirou, quero de volta a minha florzinha!". A dama do mar faria uma exigência mais terrível com sua voz de sal: "Eu quero o anel que você roubou do meu dedo, quero o meu anelzinho!". Como reencontrar naqueles quilômetros de praia os restos do dedo para lhe devolver a esmeralda?

Com a ponta do cipó cavei rapidamente um fundo buraco na areia e nele fiz rolar o dedo. Cobri-o com o tacão do sapato e na areia tracei uma cruz, imaginei que se tratava de um dedo cristão. Então veio uma onda que esperou o fim da minha operação para inundar o montículo. Dei alguns passos. Quando me voltei pela última vez a água já tinha apagado tudo.

Biruta

Alonso foi para o quintal carregando uma bacia cheia de louça suja. Andava com dificuldade tentando equilibrar a bacia que era demasiado pesada para seus braços finos.

— Biruta, eh, Biruta! — chamou sem se voltar.

O cachorro saiu de dentro da garagem. Era pequenino e branco, uma orelha em pé e a outra completamente caída.

— Sente-se aí, Biruta, que vamos ter uma conversinha — disse Alonso pousando a bacia ao lado do tanque. Ajoelhou-se, arregaçou as mangas da camisa e começou a lavar os pratos.

Biruta sentou-se inclinando interrogativamente a cabeça ora para a direita, ora para a esquerda, como se quisesse apreender melhor as palavras do seu dono. A orelha caída ergueu-se um pouco, enquanto a outra empinou aguda e reta. Entre elas formaram-se dois vincos próprios de uma testa franzida no esforço da meditação.

— Leduína disse que você entrou no quarto dela — começou o menino num tom brando. — E subiu em cima da cama e focinhou as cobertas e mordeu uma carteirinha de couro que ela deixou lá. A carteira era velha, ela não ligou

muito, mas e se fosse uma carteira nova, Biruta! Se fosse uma carteira nova! Leduína te dava uma surra e eu não podia fazer nada, como daquela outra vez que você arrebentou a franja da cortina, lembra? Você se lembra muito bem sim senhor, não precisa fazer essa cara de inocente!...
Biruta deitou-se, enfiou o focinho entre as patas e baixou a orelha. Agora as orelhas estavam no mesmo nível, murchas, as pontas quase tocando o chão. Seu olhar interrogativo parecia perguntar: "Mas que foi que eu fiz, Alonso? Não me lembro de nada...".

— Lembra sim senhor! E não adianta ficar aí com essa cara de doente que não acredito, ouviu? Ouviu, Biruta?! — repetiu Alonso lavando furiosamente os pratos. Com um gesto irritado arregaçou as mangas que já escorregavam sobre os pulsos finos. Sacudiu as mãos cheias de espuma. Tinha mãos de velho.

— Alonso, anda ligeiro com essa louça! — gritou Leduína aparecendo na janela da cozinha. — Já está escurecendo, tenho que sair!

— Já vou indo — respondeu o menino enquanto removia a água da bacia. Voltou-se para o cachorro. E seu rostinho pálido se confrangeu de tristeza. Por que Biruta não se emendava, por quê? Por que não se esforçava um pouco para ser melhorzinho? Dona Zulu já andava impaciente, Leduína também, Biruta fez isso, Biruta fez aquilo... Lembrou-se do dia em que o cachorro entrou na geladeira e tirou de lá a carne. Leduína ficou desesperada, vinham visitas para o jantar, precisava encher os pastéis, "Alonso, você não viu onde deixei a carne?". Ele estremeceu. Biruta! Disfarçadamente foi à garagem no fundo do quintal onde dormia com o cachorro num velho colchão metido num ângulo da parede. Biruta estava lá, deitado bem em cima do travesseiro, com a posta de carne entre as patas, comendo tranquilamente. Alonso arrancou-lhe a carne, escondeu-a dentro da camisa e voltou à cozinha. Deteve-se na porta ao ouvir Leduína queixar-se à Dona Zulu que a carne desapa-

recera, aproximava-se a hora do jantar e o açougue já estava fechado, "O que é que eu faço, Dona Zulu?!".
— Ambas estavam na sala. Podia entrever a patroa a escovar freneticamente os cabelos. Ele então tirou a carne de dentro da camisa, ajeitou o papel todo roto que a envolvia e entrou com a posta na mão.
— Está aqui, Leduína.
— Mas falta um pedaço!
— Esse pedaço eu tirei pra mim, eu estava com vontade de comer um bife e aproveitei quando você foi na quitanda.
— Mas por que você escondeu o resto? — perguntou a patroa aproximando-se.
— Porque fiquei com medo.
Tinha bem viva na memória a dor que sentira nas mãos abertas para os golpes da escova. Lágrimas saltaram-lhe dos olhos. Os dedos foram ficando roxos mas ela continuava batendo com aquele mesmo vigor com que escovava os cabelos, batendo, batendo, como se não pudesse parar nunca mais.
— Atrevido! Ainda te devolvo pro orfanato, seu ladrãozinho.
Quando ele voltou à garagem Biruta já estava lá, as duas orelhas caídas, o focinho entre as patas, piscando os olhinhos ternos. "Biruta, Biruta, apanhei por sua causa, mas não faz mal. Não faz mal."
Isso tinha acontecido há duas semanas. E agora Biruta mordera a carteirinha de Leduína. E se fosse a carteira de Dona Zulu.
— Hein, Biruta?! E se fosse a carteira de Dona Zulu? Por que você não arrebenta minhas coisas? — prosseguiu o menino elevando a voz. — Você sabe que tem todas as minhas coisas para morder, não sabe? Pois agora não te dou presente de Natal, está acabado, você vai ver se vai ganhar alguma coisa!...
Girou sobre os calcanhares dando as costas ao cachorro. Resmungou ainda enquanto empilhava a louça na bacia.

Em seguida calou-se esperando qualquer reação por parte do cachorro. Como a reação tardasse, lançou-lhe um olhar furtivo. Biruta dormia profundamente. Alonso então sorriu. Biruta era como uma criança, por que não entendiam isso? Não fazia nada por mal, queria só brincar... Por que Dona Zulu tinha tanta raiva dele? Ele só queria brincar, como as crianças. Por que Dona Zulu tinha tanta raiva de crianças? Uma expressão desolada amarfanhou o rostinho do menino. "Por que Dona Zulu tem que ser assim? O doutor é bom, quer dizer, nunca se importou nem comigo nem com você, é como se a gente não existisse. Leduína tem aquele jeitão dela, mas duas vezes já me protegeu. Só Dona Zulu não entende que você é que nem uma criancinha. Ah, Biruta, Biruta, cresça logo, pelo amor de Deus! Cresça logo e fique um cachorro sossegado, com bastante pelo e as duas orelhas de pé! Você vai ficar lindo quando crescer, Biruta, eu sei que vai!"

— Alonso! — Era a voz de Leduína. — Deixe de falar sozinho e traga logo essa bacia. Já está quase noite, menino!

— Chega de dormir, seu vagabundo! — disse Alonso espargindo água no focinho do cachorro.

Biruta abriu os olhos, bocejou com um ganido e levantou-se estirando as patas dianteiras num longo espreguiçamento.

O menino equilibrou penosamente a bacia na cabeça. Biruta seguiu-o aos pulos, mordendo-lhe os tornozelos, dependurando-se na barra do seu avental.

— Aproveita, seu bandidinho! — riu Alonso. — Aproveita que eu estou com a mão ocupada, aproveita!

Assim que colocou a bacia na mesa ele inclinou-se para agarrar o cachorro. Mas Biruta esquivou-se latindo. O menino vergou o corpo sacudido pelo riso.

— Ai, Leduína, que o Biruta judiou de mim!...

A empregada pôs-se a guardar rapidamente a louça. Estendeu-lhe uma caçarola com batatas:

— Olha aí é o seu jantar. Tem ainda arroz e carne no forno.

— Mas só eu vou jantar? — surpreendeu-se Alonso ajeitando a caçarola no colo.

33

— Hoje é dia de Natal, menino. Eles vão jantar fora, eu também tenho a minha festa, você vai jantar sozinho.

Alonso inclinou-se. E espiou apreensivo debaixo do fogão. Dois olhinhos brilharam no escuro. Biruta ainda estava lá e Alonso suspirou. Era tão bom quando Biruta resolvia se sentar! Melhor ainda quando dormia. Tinha então a certeza de que não estava acontecendo nada, era a trégua. Voltou-se para Leduína.

— O que o seu filho vai ganhar?

— Um cavalinho — disse a mulher. A voz suavizou. — Quando ele acordar amanhã vai encontrar o cavalinho dentro do sapato dele. Vivia me atormentando que queria um cavalinho, que queria um cavalinho...

Alonso pegou uma batata cozida, morna ainda. Fechou-a nas mãos arroxeadas.

— Lá no orfanato, no Natal, apareciam umas moças com uns saquinhos de balas e roupas. Tinha uma moça que já me conhecia, me dava sempre dois pacotinhos em lugar de um. Era a madrinha. Um dia ela me deu sapatos, um casaquinho de malha e uma camisa...

— Por que ela não adotou você?

— Ela disse uma vez que ia me levar, ela disse. Depois não sei por que ela não apareceu mais, sumiu...

Deixou cair na caçarola a batata já fria. E ficou em silêncio, as mãos abertas em torno da vasilha. Apertou os olhos. Deles irradiou-se para todo o rosto uma expressão dura. Dois anos seguidos esperou por ela, pois não prometera levá-lo? Não prometera? Nem sabia o seu nome, não sabia nada a seu respeito, era apenas a Madrinha. Inutilmente a procurava entre as moças que apareciam no fim do ano com os pacotes de presentes. Inutilmente cantava mais alto do que todos no fim da festa na capela. Ah, se ela pudesse ouvi-lo!

Noite feliz!
Silêncio e paz...

O bom Jesus é quem nos traz
A mensagem de amor e alegria...

— Mas é muita responsabilidade tirar crianças pra criar! — disse Leduína desamarrando o avental. — Já chega os que a gente tem!

Alonso baixou o olhar. E de repente sua fisionomia iluminou-se. Puxou o cachorro pelo rabo.

— Eh, Biruta! Está com fome, Biruta? Seu vagabundo! Sabe, Leduína, Biruta também vai ganhar um presente que está escondido lá debaixo do meu travesseiro. Com aquele dinheirinho que você me deu, lembra? Comprei uma bolinha de borracha, uma beleza de bola! Agora ele não vai precisar mais morder suas coisas, tem a bolinha só pra isso, ele não vai mais mexer em nada, sabe, Leduína?

— Hoje cedo ele não esteve no quarto de Dona Zulu?

O menino empalideceu.

— Só se foi na hora que fui lavar o automóvel... Por quê, Leduína? Por quê? Que foi que aconteceu?

Ela hesitou. E encolheu os ombros.

— Nada. Perguntei à toa.

A porta abriu-se bruscamente e a patroa apareceu. Alonso encolheu-se um pouco. Sondou a fisionomia da mulher. Mas ela estava sorridente.

— Ainda não foi pra sua festa, Leduína? — perguntou a moça num tom afável. Abotoava os punhos do vestido. — Pensei que você já tivesse saído... — E antes que a empregada respondesse, ela voltou-se para Alonso: — Então? Preparando seu jantarzinho?

O menino baixou a cabeça. Quando ela falava assim mansamente ele não sabia o que dizer.

— O Biruta está limpo, não está? — prosseguiu a mulher inclinando-se para fazer uma carícia na cabeça do cachorro. Biruta baixou as orelhas, ganiu dolorido e escondeu-se debaixo do fogão.

Alonso tentou encobrir-lhe a fuga:

35

— Biruta, Biruta! Cachorro mais bobo, deu agora de se esconder... — Voltou-se para a patroa. E sorriu desculpando-se: — Até de mim ele se esconde.

A mulher pousou a mão no ombro do menino.

— Vou numa festa onde tem um menininho assim do seu tamanho e que adora cachorros! Então me lembrei de levar o Biruta emprestado só por esta noite. O pequeno está doente, vai ficar radiante, o pobrezinho. Você empresta seu Biruta só por hoje, não empresta? O automóvel já está na porta. Ponha ele lá que já estamos de saída.

O rosto do menino resplandeceu. Mas então era isso?!... Dona Zulu pedindo o Biruta emprestado, precisando do Biruta! Abriu a boca para dizer-lhe que sim, que o Biruta estava limpinho e que ficaria contente de emprestá-lo ao menino doente. Mas sem dar-lhe tempo de responder, a mulher saiu apressadamente da cozinha.

— Viu, Biruta? Você vai numa festa! — exclamou. — Numa festa de crianças, com doces, com tudo! Numa festa, seu sem-vergonha! — repetiu beijando o focinho do cachorro. — Mas, pelo amor de Deus, tenha juízo, nada de desordens! Se você se comportar, amanhã cedinho te dou uma coisa, vou te esperar acordado, hein? Tem um presente no seu sapato... — acrescentou num sussurro, com a boca encostada na orelha do cachorro. Apertou-lhe a pata.

— Te espero acordado, Biru... Mas não demore muito!

O patrão já estava na direção do carro. Alonso aproximou-se.

— O Biruta, doutor.

O homem voltou-se ligeiramente. Baixou os olhos.

— Está bem, está bem. Deixe ele aí atrás.

Alonso ainda beijou o focinho do cachorro. Em seguida, fez-lhe uma última carícia, colocou-o no assento do automóvel e afastou-se correndo.

— Biruta vai adorar a festa! — exclamou assim que entrou na cozinha. — Lá tem doces, tem crianças, ele não quer outra coisa! — Fez uma pausa. Sentou-se. — Hoje tem festa em toda parte, não, Leduína?

A mulher já se preparava para sair.

— Decerto.

Alonso pôs-se a mastigar pensativamente.

— Foi hoje que Nossa Senhora fugiu no burrinho?

— Não, menino. Foi hoje que Jesus nasceu. Depois então é que aquele rei manda prender os três.

Alonso concentrou-se:

— Sabe, Leduína, se algum rei malvado quisesse prender o Biruta, eu me escondia com ele no meio do mato e ficava morando lá a vida inteira, só nós dois! — riu-se metendo uma batata na boca. E de repente ficou sério, ouvindo o ruído do carro que já saía. — Dona Zulu estava linda, não?

— Estava.

— E tão boazinha. Você não achou que hoje ela estava boazinha?

— Estava, estava muito boazinha...

— Por que você está rindo?

— Nada — respondeu ela pegando a sacola. Dirigiu-se à porta. Mas antes parecia querer dizer qualquer coisa de desagradável e por isso hesitava, contraindo a boca.

Alonso observou-a. E julgou adivinhar o que a preocupava.

— Sabe, Leduína, você não precisa dizer pra Dona Zulu que ele mordeu sua carteirinha, eu já falei com ele, já surrei ele. Não vai fazer mais isso nunca, eu prometo que não!

A mulher voltou-se para o menino. Pela primeira vez encarou-o. Vacilou ainda um instante. Decidiu-se:

— Olha aqui, se eles gostam de enganar os outros, eu não gosto, entendeu? Ela mentiu pra você, Biruta não vai mais voltar.

— Não vai o quê? — perguntou Alonso pondo a caçarola em cima da mesa. Engoliu com dificuldade o pedaço de batata que ainda tinha na boca. Levantou-se. — Não vai o quê, Leduína?

— Não vai mais voltar. Hoje cedo ele foi no quarto dela e

rasgou um pé de meia que estava no chão. Ela ficou daquele jeito. Mas não disse nada e agora de tardinha, enquanto você lavava a louça, escutei a conversa dela com o doutor, que não queria mais esse vira-lata, que ele tinha que ir embora hoje mesmo e mais isso, e mais aquilo... o doutor pediu pra ela esperar que amanhã dava um jeito, você ia sentir muito, hoje era Natal... Não adiantou. Vão soltar o cachorro bem longe daqui e depois seguem pra festa. Amanhã ela vinha dizer que o cachorro fugiu da casa do tal menino. Mas eu não gosto dessa história de enganar os outros, não gosto, é melhor que você fique sabendo desde já, o Biruta não vai voltar.

Alonso fixou na mulher o olhar inexpressivo. Abriu a boca. A voz era um sopro.

— Não?...

Ela perturbou-se.

— Que gente também! — explodiu. Bateu desajeitadamente no ombro do menino. — Não se importe, não, filho. Vai, vai jantar.

Ele deixou cair os braços ao longo do corpo. E arrastando os pés, num andar de velho, foi saindo para o quintal. Dirigiu-se à garagem. A porta de ferro estava erguida. A luz do luar chegava até a borda do colchão desmantelado. Alonso cravou os olhos brilhantes num pedaço de osso roído, meio encoberto sob um rasgão do lençol. Ajoelhou-se. Estendeu a mão tateante. Tirou de debaixo do travesseiro uma bola de borracha.

— Biruta — chamou baixinho. — Biruta... — E desta vez só os lábios se moveram e não saiu som algum.

Muito tempo ele ficou ali ajoelhado, segurando a bola. Depois apertou-a fortemente contra o coração.

Emanuel

— Emanuel — eu respondo. E não digo mais nada porque sinto que ninguém está acreditando em mim, ninguém acredita que meu amante de olhos verdes tem um Mercedes branco e se chama Emanuel.
— Emanuel — repete Afonso. — Tive um colega com esse nome mas já morreu. Você disse que ele vem te buscar? Loris está tentando servir uísque mas a bebida não sai da garrafa que ela sacode com força. Começou também a se sacudir de tanto rir.
— Tem um Mercedes branco, mas não é finíssimo? Conta mais, Alice, todo mundo quer saber os detalhes!

Quero alcançar o cinzeiro no centro do tapete que está longe demais, tenho que me estender no almofadão num movimento que poderia ser gracioso mas meu gesto é duro e minha voz fica postiça. Todos ali tão à vontade no chão, só eu assim tensa como um faquir deitado numa cama, com serpentes deslizando em redor.

— Uma vez peguei uma cobrinha, não era viscosa mas apenas fria — digo e ninguém está interessado em saber o

que senti quando peguei a cobra. — Queria agora um conhaque — eu peço e Afonso puxa para mais perto o carrinho de bebidas. Estou me lembrando de uma piada, ele diz abrindo o sorriso mas sei que essa piada sou eu. Me estendeu o copo fazendo uma reverência.
— Pronto, menina!
Cínico. Está se divertindo: nem ele nem Loris nem Solange, ninguém acreditou nessa história do amante. Mas por que não acreditam que tenho um amante? Sou assim tão horrível, me respondam, por que não acreditam? É um homem de olhos verdes que vem me buscar no seu carro, digo e Loris quase se engasgou no uísque e Afonso, o cínico... Até o homenzinho do cravo no peito também fez aquelas caras, mal me conhece e já se incorporou ao grupo, Ô! Deus! Tomo um gole e respiro, preciso me acalmar, não é assim não, estou histérica, o homenzinho nem me notou e eu com essa minha mania de perseguição! Minha culpa, minha culpa, quem mandou exagerar? Eu não precisava ter exagerado, podia dizer que tenho um amante e pronto, um tipo comum, nada de especial. Mas comecei com meus delírios, tanta vontade de beleza, tanta vontade de poder. Vontade antiga de chamar atenção de mistura com esse desejo agudo de vingança, Loris me olhando no maior espanto e eu no acesso de apoteose mental, fúria de sons como numa orquestra desencadeada tocando Wagner, mais, mais! Desfrutável, sou uma desfrutável. Nunca entendi direito o que quer dizer desfrutável mas deve ser uma coisa que vem da palavra *fruta* que virou bagaço e as pessoas se aproveitam — mas quem se aproveitou de mim? Nem isso. É que nunca tive nada, nem uma família importante, nem empregos, nunca a alegria do supérfluo que só o dinheiro dá, mas que dinheiro?! Não tive nem ao menos um gato pingado pra puxar pelo rabo! Mas espera, um gato esse eu tenho! Bebo outro gole enternecida, é um gato de rua mas é um gato, o Emanuel. Nome que dei a esse amante e que saiu tão espontâneo da minha boca, Meu amor se chama Emanuel!

— Ainda bem, minha querida, já passou da hora de arrumar um caso, a gente já estava preocupada com essa virgindade, que horror! E ainda por cima ele é um tipo assim lindo? — disse Solange ajeitando o cigarro na piteira.

O sorriso amanteigado foi para o Afonso ou para a Loris? Acariciou o contorno da boca com a ponta da piteira, ela tem um corpo bonito mas a boca é vulgar — não, devo estar verde de inveja, ela tem uma boca fascinante, quisera eu! Quisera eu.

— Sabe o que quer dizer *Emanuel*? É aquele que há de vir — disse Loris fazendo girar o gelo do copo. Chupou devagar o dedo molhado. — Emanuel é aquele que há de vir!

Fechei o dedo polegar na gruta da mão: agora me lembrava do sonho da véspera, tinha uma voz dizendo dentro do meu ouvido que queria a minha boca, minha boca! Abri a boca e a voz ficou mais secreta, ele queria a boca silenciosa! Esvazio o copo. Através do vidro vejo os olhos bistrados de Loris me olhando lá de longe, ela fica distante quando bebe e ao mesmo tempo fica mais próxima, ouve tudo, entende tudo. Descobriu que menti desbragadamente e ficou perversa, ela que não precisa ser perversa.

— Afonso, você está rindo sem parar, vai, conta! — ela pede.

Sabe que ele está rindo desta quarentona sem a menor graça e ainda com esses delírios, sonhando com homens me pedindo a boca mas não essa, a outra... Que sonho, que vida! Só me resta agora ficar repetindo que ele virá me buscar, esse Emanuel dos olhos verdes e do carro branco. Finíssimo! disse Loris. Tenho agora que sustentar a mentira enquanto minha cara vai encompridando como na história do boneco de pau, o Pinóquio, mas nele era o nariz que ia crescendo quando mentia — ô! meu Pai! tanta vontade de vomitar esta minha cara de freira sem vocação. Tarde demais para começar um caso e começar com quem? Mulheres e homens se oferecendo aos montes, meninas de doze anos e os homens já exauridos, enfartados. A Loris sabe disso, ela que já se deitou com todos os sexos daqui e do mundo e eu que não saí nem do meu bairro. Dois ou três namorados sem o menor empenho, com preguiça de aprofundamentos, mas em que tempo a virgindade era prestigiada? O desejo morno, a preguiça, quer dizer que a minha Alicinha?... Quando me chamam de Alicinha já sei que não vai acontecer nada, viro a confidente, a irmã. Se ao menos essa virgindade fosse facilitada, se o ato não sugerisse alguma mão de obra... O medo que eles têm de envolvimentos, vínculos, medo de filhos... E eu afetando calma quando minha vontade é de gritar, puxar os cabelos, ódio de mim mesma, sua imbecil! Pior do que ser feia é ser assim opaca. O dinheiro resolveria, ah, com dinheiro eu podia fazer a excêntrica que paga uma corte e mais esse Emanuel, por que não? Podia dar-lhe o carro, o avião, o navio e mais daria... Um homem resplandecente, coberto de ouro em pó e eu dizendo, Dê suas ordens, quer que faça sua comida, que engraxe seus sapatos? Engraxo tudo, sou um ser dependente, frágil, pois que venham as feministas e que cuspam em mim, ora, cuspam à vontade! As idiotas se fazendo de fortes, arregaçando as mangas, tamanha arrogância! Ora, essa revolução da mulher...

— Tinha ainda esse quadro — prosseguiu Solange e fiquei sem saber que quadro era esse. Fico olhando a correntinha de ouro presa no seu tornozelo, ela tem pernas belíssimas. Encolho as minhas. Ainda assim amanheço e escovo os dentes com cuidados especiais, esses dentes fracos mas a esperança de que um dia... Esperança no creme das sardas, no tônico para os cabelos, tanta vitamina... Esta vontade de luta. "A esperança é curva assim como uma asa", disse alguém. Melhor me deitar na planície mas quando dou acordo de mim já estou subindo a montanha, resfolegando e subindo. Orgulho? A esperança será apenas orgulho?

— E o que faz esse seu amado? — pergunta Loris mordendo o sanduíche.

— É médico.

Ginecologista, tenho vontade de dizer. Eis aí o que sempre desejei, um namorado médico que me tomasse em suas mãos experientes e através delas eu conheceria a mim mesma, a começar por este corpo que me escapa assim como um inimigo. Pois conheceria meu corpo quando as mãos fossem me tateando, o cheiro, o gosto... Ele que já conheceu tantos corpos dentro e fora da profissão, ah! me tome depressa que o tempo é de amor! Com mil desculpas por esta virgindade mas não foi por virtude, foi bloqueio, lá sei! Eu podia namorar o homem do leite mas faz séculos que não tem mais nem o homem do leite nem o homem do pão, mamãe abria a porta e o cheiro da cesta dos pães dourados, "Vem, neném, escolhe a sua rosquinha". Ah, se essa trabalheira de virgindade desse ao menos ao primeiro namorado um pouco de emoção. Eu diria que me guardei até hoje e ele assim meio espantado, "Mas é simples, minha querida, simples como beber um copo d'água! Não fique contraída, vamos, relaxa...". Agora era o meu pai me levando pela mão ao dentista, "Não endureça a boca, relaxa porque assim o doutor não vai poder arrancar o seu dentinho! Prometo que não vai doer!". Enxugo os olhos no guardanapo ao meu lado.

— Estou tão curiosa, a que horas ele vem? — pergunta Loris. — Esse seu namorado, o Emanuel.

Amasso na mão o guardanapo e mastigo um croquete fumegante. Sopro a fumaça, ah! queria virar uma formiguinha para entrar nesse vulcão. Loris sabe que eu estou mentindo, os outros desconfiam mas os outros estão distraídos, ela não. Encolho as pernas mas queria encolher os pés que são enormes. Loris agora pergunta se eu continuo na mesma casa. Respondo que sim.

— Sozinha, querida?
— Com o meu gato.
— Mas ele não é livre? Esse seu namorado...
— Mais ou menos.
— Mais ou menos, como?!

Estou rindo e é bom rir, Emanuel é o meu gato que ten-

tou fugir até que mandei levantar o muro e agora ele se deita feito uma esfinge no pequeno canteiro e fica olhando para o portão e miando.
— Ele tem uma dona, é claro! Mas sempre consegue dar suas escapadas — eu digo. Pela primeira vez na festa estou me sentindo melhor, gosto das ambiguidades, desse jogo, que difícil ser eu mesma! E que fácil.
— Ah, mas ele então é casado?
Afonso escolhe outro disco, confessa que prefere *jazz*. Solange avisa que vai fazer pipi e o homenzinho do cravo no peito toma nota do telefone da jovem desenhista que veio com Solange, ela não é bonita mas soube armar um tipo com tanta imaginação que bateria até aquela Vênus da concha se essa Vênus aportasse nesta praia. Faz o que eu devia ter feito: tirou partido da feiura que virou ousadia, quase agressão. Eu poderia ainda me vestir de egípcia, não? Se esqueceriam da minha cara, do meu corpo e não é isso que eu quero? Ser conversada, ser discutida. Me volto para Loris que está bêbada mas lúcida, o lado ruim ainda me provocando, Fala mais, e o Emanuel?... Comecei e agora não posso parar, ninguém acredita, mas Loris me fisgou e vem me puxando assim como aquele velho pescador foi puxando o peixe que tenta fugir no mar, fiquei tão deprimida nesse pedaço do filme, a linha completamente esticada e com o peixe fisgado... Estou me deixando levar sem resistência e ainda assim ela está querendo — mas o que ela quer agora?
— Não há muito o que contar, Loris. Encontrei-o na rua.
— Na rua?
— Parecia solitário, assim infeliz.
Mais precisamente foi numa esquina. A lembrança me emociona demais, deve ser efeito do conhaque, ah! se passasse por aqui aquela bandeja de doces eu comeria a bandeja inteira, tanta vontade de açúcar. Um analista esperto explicaria, Carência afetiva! Meu querido pai me levava todas as noites uma caneca de chocolate quente e esperava eu virar a caneca até o fim. Ele podia ter vivido mais e foi acon-

tecer aquilo, ah! paizinho! Não, não quero lembrar, melhor pensar no analista que falava em carência. O meu irmãozinho de oito anos caçava os gatos e no quintal de casa dependurava todos pelo rabo num varal, os gatos se contorcendo aos urros, era também carência? Fazia frio naquela noite e ele miava e tremia tanto! Guardei-o no bolso do casaco, um gatinho mijado, feio, a cabeça vacilante pesada demais para o pescoço fino. Emanuel, eu chamei. Ele miou e escondeu o focinho na minha mão. Tenho um gato! pensei. E se eu vestisse uma túnica grega? Uma túnica podia ser uma solução, sandálias com as tiras douradas subindo pelas pernas, Alice anda fantasiada de grega, acho que enlouqueceu! Está certo, enlouqueci, a loucura é uma boa saída mas essa teria que ser uma loucura requintada, com lampejos, iluminações... E eu seria capaz dessas iluminações?

Solange levanta a perna que se descobre enquanto o homem do cravo no peito tenta abrir o fecho da pulseirinha que ela tem no tornozelo. Mas como ficariam nas minhas pernas de fio de macarrão essas tiras douradas? Loris passa engatinhando debaixo da perna de Solange, vai pegar o prato de croquetes. Volta e me encara apertando os olhos. Recomeçamos a comer com voracidade. Preciso falar.

— Ele gosta muito de música, fica calmo quando ouve Mozart.

— Finíssimo, querida. Conta mais!

— Às vezes ele se deita na almofada do chão e fica horas e horas imóvel, ouvindo, os olhos verdes brilhando tanto, como brilham seus olhos quando apago a luz e me deito ao seu lado.

— Vocês preferem fazer amor no chão?

— Ou na cama, dividimos o mesmo travesseiro. Quando acordo tarde da noite ele já saiu. Mas que barulho é esse, está chovendo?

— Está caindo uma tempestade!

— Tenho que ir, Loris, tenho que ir — eu digo.

— Ir, como?! Imagine se... — recomeçou mas emudeceu.

A campainha?! Não tocaram a campainha? — Mas se não estou esperando mais ninguém! Então é ele, só pode ser ele, o seu médico! Ele chegou! Vou recuando ainda de joelhos para a zona de sombra, quero esconder esta cara, não, Loris, não pode ser, hoje ele tem plantão lá no hospital, é dificílimo fugir do plantão! Ela encurtou depressa a linha e vem me puxando no anzol, mas como?! O amado de Alice acaba de chegar e todo mundo assim desligado! Pois não foi ele que chegou? Só pode ser ele, minha gente, olha a campainha, quem mais?...
 A campainha está tocando outra vez e agora mais forte. Estremeço, o som agudo lembra o som de uma cigarra que vai me serrando pelo meio, oh! Deus! Os trovões, raios. E Loris de pé, oscilando triunfante como se estivesse na proa do barco. Engulo penosamente a saliva, estou salivando sem parar porque no medo a saliva cresce borbulhosa, quero repetir que não pode ser ele mas o anzol me puxando mais... Ouço a minha voz num sopro, Ele tem plantão lá no hospital, Loris, é dificílimo sair... Não pode ser ele!
 — Afonso, queridinho, vai abrir a porta! — ela ordena.
 Baixei a cabeça. E eu já tinha cedido sem a menor resistência, um pouco mais e confessaria, tudo é mentira, não tenho nenhum homem, tenho um gato que achei na rua, Emanuel é um gato! Aperto contra a boca o copo vazio, eu vazia. E todos falando ao mesmo tempo. A janela se escancarou na ventania, a cortina subiu e derrubou garrafas, copos, tumultuando a sala que rodopiou no vento. E a voz de Afonso pairando sobre as águas, voltou arfante porque subiu a escada correndo:
 — É o Emanuel, minha querida, é o Emanuel!

As Cartas

O pacote estava amarrado com uma estreita fita vermelha. Desatei a fita e as cartas agora livres pareciam tomar fôlego como seres vivos. Na parte de cima os envelopes azulados com uma letra nervosa que faz a pena raspar o papel. Já a parte inferior do pacote tinha envelopes brancos e com a letra também muito apressada: eis aí dois missivistas agitados, diria um observador e eu concordaria, agitadíssimos.

Deixei a pilha de cartas no chão para que não desmoronasse mas a verdade é que não queria mexer nessas cartas presas na tal fita que parecia amordaçar o segredo que elas guardavam mas pensando melhor pergunto agora, Seria ainda um segredo?

Acendi o fósforo e aproximei a chama do primeiro envelope. A letra de Luisa pendia assim para a direita com aquele mesmo jeito desamparado com que ela inclinava a cabeça para o ombro enquanto vagava o olhar sem sossego, "Eu já nem sei mais se é amor, compreende?"...

Fomos amigas na infância. Juntas subíamos a rua da nossa pequena cidade para assistir às aulas de catecismo na casa do Padre Pinho e juntas participamos das peças no teatro da escola. Aos domingos era o passeio durante a tarde em redor do coreto do jardim enquanto a banda tocava o *Coração de Lili*. Quando minha família mudou da cidade a Luisa desapareceu do meu cenário. E agora, depois de quase vinte anos, vim encontrá-la novamente para perdê-la em seguida. E desta vez, para sempre.

Eu estava na estação de trem e pedia ao bilheteiro que verificasse se não havia nenhum leito vago no próximo noturno quando uma moça loura tocou no meu ombro. Voltei-me e fiquei olhando interrogativamente para a moça, mas aqueles olhos verdes e estrábicos e aquele rosto muito branco, os cabelos claros... Fixei-me nos olhos, mas não era a Luisa? Ah, a Luisa! Abracei-a mas arrefeceu meu entusiasmo quando notei da parte dela uma certa insensibilidade que eu não sabia se era desinteresse ou apenas cansaço. Cansaço, pensei ao examiná-la enquanto me dizia com voz um pouco rouca que estava viajando para visitar a avó numa fazenda.

— Vou desembarcar na estação de... — começou por dizer e os lábios se distenderam num sorriso, Ah! imagina que esqueci o nome da estação, mas não importa, o que quero dizer é que você pode ficar na minha cabina, por sorte o leito superior está vago.

A Luisa! fiquei repetindo em silêncio. Nem alta nem baixa, nem bonita nem feia mas estranha, isto sim, estranha com aquele olhar que não se fixava em nada e o vago sorriso nos lábios frios. Por duas vezes tomei-a pelo braço para desviá-la das carretas de bagagens que corriam pela estação.

Entramos na cabine. Detesto trens, disse enquanto deixávamos as sacolas no cabide. Entrou no toalete e sentei-me diante da pequena mesa junto da janela. Quando voltou, sentou-se na outra cadeira e com o trem já em movimento fiquei vendo o seu perfil no vidro, Olha aí, a Luisa. Sua presença tivera o dom de despertar em mim tantas lembranças que eu via agora deslizar assim como um rio profundo, levando na superfície rostos antigos, paisagens, vozes... Fiz perguntas e lembrei alguns episódios tentando fazer com que a conversa girasse em torno da nossa meninice mas Luisa mostrou tamanha indiferença pelo passado que resolvi me calar, ela perdera a infância e agora parecia vagar numa escuridão igual a da noite lá fora.

Acendeu um cigarro, me encarou e de repente fez a pergunta.

— Você não viu mais o Francisco?

Demorei um pouco para responder.

— Francisco, aquele filho do juiz, é esse? Tenho visto muito o seu nome no noticiário político, acho que se candidatou...

— É o meu amante.

Fiquei em silêncio, esperando. Sabia agora que desde o nosso encontro ela queria falar nisso. Acendeu outro cigarro e começou por dizer que era ainda uma mocinha no último ano do curso fundamental quando por acaso veio a encontrá-lo numa festa, Francisco já era médico.

— Todas as tardes ele ia me esperar na saída da escola e me levava bombons, um botão de rosa... Ah, sim, tudo muito romântico — acrescentou e sorriu. — Então abandonei minha avó, o meu irmão Michel, deixei a escola e fui morar num apartamento perto do consultório dele, ainda ontem estivemos juntos, substituiu as rosas por amostras de remédios para insônia, sofro de insônia, compreende?

— Mas, Luisa, por que vocês não se casam?

Ela fixou em mim os olhos estrábicos.

— Ele é casado, minha querida. Quando nos encontramos não me contou que era casado e que já tinha um filho. Já tem agora três filhos, a família vai crescendo, é claro... Não, não se dá bem com a mulher, aquela velha história, mas lá na cama, compreende? No começo a minha avó ficou desesperada, não queria mais me ver, ela e o meu irmão Michel tinham tanta confiança e tanta esperança em mim... Mas agora ficam só me olhando, me olhando e não dizem mais nada.

— Mas, Luisa, quando você soube...
— Já era tarde. E mesmo que ele tivesse me contado, mesmo que tivesse me contado...

Tirou do maço outro cigarro que não acendeu, seus gestos não se completavam, assim como a própria fala com os intervalos e as reticências.

— Já tentou abandoná-lo?

Ela enfurnou a mão no bolso do casaco. Pensei que procurasse um isqueiro porque a caixa de fósforos estava vazia mas ao invés do isqueiro ou do lenço para enxugar os olhos veio um pequeno tubo de pílulas brancas. Tirou duas pílulas e engoliu-as com esforço, pensei em apanhar um copo d'água mas ela me reteve, Tudo bem, disse em voz baixa. Para prosseguir com voz mais calma:

— Se tentei abandoná-lo? Você ainda me pergunta, se tentei... Nossa vida é um inferno, já nos dissemos as piores coisas, dessas que... Já nos esbofeteamos dezenas de vezes, já nem sei mais se é amor, compreende? E continuamos juntos, passa ano, vem ano, e juntos...

Tirou um lenço do bolso, enxugou as lágrimas e notei então que seu olhar foi se distanciando.

— Pois lá vou eu visitar a minha avó mas não quero demorar, chego e já estarei voltando, para esquecê-lo eu teria que viajar para mais longe, compreende? Mais, mais longe...

Tomei entre as minhas suas mãos geladas e tentei convencê-la que aquilo tudo era uma loucura, Você está doente, Luisa, você está doente e precisa se tratar, você está doente! Ela apertou os olhos que me pareceram mais entortados lá no fundo onde se esconderam. Cruzou as mãos sobre a mesa, nelas apoiou a cabeça e logo caiu num sono profundo.

— Luisa, venha se deitar! — eu disse apertando-lhe o braço.

Não acordou e lembrei-me das pílulas. Deixei-a. Do alto do meu leito vi pela última vez sua cabeça alourada refletida no vidro da janela e acompanhando o balanço compassado do trem. Quando acordei de madrugada ela já tinha desembarcado.

Ah, vida, vida... Tantas vezes pensei em procurá-la, mas fui adiando, sempre à espera de um dia mais propício, mais oportuno... Dois meses depois, quando já nem pensava mais nela, o irmão Michel telefonou e antes mesmo que ele falasse eu já adivinhava o que ia ouvir.

— Só de manhãzinha a empregada a encontrou, estava caída de bruços, segurando ainda o tubo vazio. Era viciada, você sabia?

Sabia e sabendo tão bem de tudo, não fiz nada! Mas será que havia alguma coisa a fazer? perguntei a mim mesma enquanto me lembrava daquele olhar vagando num voo que ela não conseguia mais controlar.

No bilhete que deixara ao irmão, pedia que me avisasse. Por que teria se lembrado de mim é o que eu nunca pude entender.

Fui vê-la, ou melhor, fiz tudo para não vê-la embora a sala pequena me empurrasse para junto dela. Preferi imaginá-la com a sua antiga feição de menina, aquela menininha de cabelos enfeixados numa trança e olhar em paz. Agora e para sempre em paz.

Uma velha — seria a Avó? — colocava as últimas rosas no caixão e às vezes se afastava um pouco para admirar melhor sua obra no sombrio canteiro suspenso. Michel veio sentar-se ao meu lado, estava muito pálido mas os olhos estavam secos. Tinha nas mãos o pacote das cartas atadas com uma fita vermelha.

— No bilhete que ela me deixou pediu que enchesse com estas cartas o travesseiro do seu caixão mas vou dar a elas um outro fim! Sei de um certo jornal que gostaria de publicar um pouco da vida desse cavalheiro que se apresenta nas campanhas como um marido e pai exemplar, ah! a ocasião não podia ser melhor, publicidade de graça para ele, que tal?...

Encarei-o perplexa.

— Michel, acho que não estou entendendo...

— Explico, o Francisco deve ter falado em coisas muito interessantes nessas cartas, intimidades, ah! seus elei-

tores precisam conhecer o tipo que está por detrás da máscara...
— Será um escândalo!
— É o que espero, um escândalo.
— Mas, Michel, a sua irmã tinha paixão por ele, jamais pensaria em prejudicá-lo, tinha paixão por ele!
Michel levantou-se e olhou para o caixão.
— O nome dela já está enlameado, chegou a vez dele! — disse e apertou nas mãos o pacote de cartas. — Vamos então cuidar dos vivos. Embarco amanhã para a fazenda, minha avó ainda não sabe de nada, eu quero então... Na minha volta, o jornal.

Levantei-me, arrastei-o para a janela e falei sem parar tentando impedir Michel de fazer aquele escândalo, cheguei mesmo a lembrar que a morta não teria descanso quando visse sua última vontade contrariada. Ela não queria isso, Michel, ela não queria!

— Mas eu quero! — ele disse com aquela mesma expressão desarvorada de Luisa.

Ah, esses dois irmãos, pensei ao voltar para casa. Resolvi telefonar para Francisco que ainda não sabia de nada. Atendeu-me com a voz de político prestativo e já enveredava para a excelência do seu programa quando o interrompi.

— Estou chegando do enterro de Luisa, tomou pílulas, se matou...

Silêncio. Quando ele recomeçou a falar, pareceu-me muito emocionado: desaparecera o profissional e ficou o amante mas um amante com pena de si mesmo, "Foi tudo tão desastroso para mim, compreende?". E já se apresentava como vítima quando perdi a paciência, vítima?!...

— Mas quem morreu foi ela — lembrei e fui diretamente ao assunto, as suas cartas.

Com a mesma rapidez com que o político se transformara num apaixonado, o apaixonado cedia lugar a um homem tomado pelo pavor.

— Mas ela disse que tinha queimado minhas cartas!

— Não queimou. E o Michel que está furioso quer levar o maçarote para o jornal.

Francisco emudeceu.

— Não é possível, não é possível! — ficou repetindo. E de repente pareceu despertar aos gritos. "Minha mulher não sabe de nada, somos muito felizes com os filhos, compreende?"

Aquele *compreende* ele pegara de Luisa ou fora ele quem passara para ela? Acalmei-o, afinal, Michel tinha viajado para o interior, o perigo não era assim tão imediato. Mas atiçado pelo medo, ele já não me ouvia mais.

— Esse rapaz é louco, louco! Vai ver já deixou tudo com meus inimigos, meu Deus, minhas cartas!

Difícil resumir o que foram aqueles dias que se sucederam à morte de Luisa. Atormentado, Francisco passou a me atormentar com telefonemas, bilhetes e numa excitação que crescia ao invés de diminuir. Falou em matar Michel, em ir à polícia e aos jornais, em viajar com a família para o exterior... "Nada ainda?!...", perguntava assim que eu atendia o telefone. Nessa altura, ele já tinha contado aos amigos íntimos que começaram a trançar em volta de nós e até eu mesma já me deixava envolver quando na manhã do sétimo dia o Michel me procurou. Viera da fazenda da avó, seguira diretamente para missa e agora ali estava com uma pequena valise e a barba por fazer. Abriu a valise e tirou de dentro o pacote de cartas amarradas com a fita vermelha.

— Você tem razão — ele começou em voz baixa. — Não quero saber de mais nada, seria um escândalo e a pobre Luisa não queria isso, não queria! Devolva tudo a ele ou então queime...

Foi com o coração leve que telefonei a Francisco e disse que as cartas estavam comigo. Passou o perigo, pode mandar buscá-las. Ele agradeceu mas assim num tom de quem estava por demais atarefado, tinha as entrevistas, os encontros, já ia tomar o avião, Ah, essa campanha, eu não imaginava a trabalheira pela frente!... Sim, logo mandaria alguém apanhar o maçarote, estava muito grato, ah! gratíssimo!

Uma semana depois voltei a telefonar, E as cartas?... A voz que me atendeu comunicou que depois da bela vitória nas eleições Francisco tinha viajado com a família na véspera, um merecido descanso no exterior, hein?!...
Quase um ano depois, ao arrumar uma gaveta dei com o maçarote das cartas com a fita. Falei com o secretário de Francisco que me passou o recado, que eu desse um fim naquilo, a decisão era minha! Desejou-me felicidade e um ótimo Natal.
Desta vez eu não compreendia. Tanto lutar para recuperar as cartas e assim que consegui pô-las à sua disposição... "Queime-as, compreende?"
Acendi o fósforo. As chamas já tinham consumido as cartas azuladas de Luisa mas diante dos envelopes brancos o fogo recuara intimidado, eram as cartas dele que resistiam. Peguei um dos envelopes. Cheirava a mofo. Tirei as folhas, abrindo-as sobre o restante do maço. E já acendia outro fósforo quando meu olhar se fixou na assinatura no fim da página, Renato. O *R* esparramado provocara um pequeno borrão, Renato.
Mas seria esse o pseudônimo que ele usava? pensei sem maior surpresa. O fósforo se apagara e eu ainda hesitava, concentrada sobre a folha, havia ali qualquer coisa de errado, O quê, meu Deus, o quê?!... E de repente descobri: a letra! Corri à cômoda onde guardara dois ou três bilhetes de Francisco e nem foi preciso comparar a letra dos bilhetes com a das cartas, eram letras totalmente diferentes, aquelas cartas não eram de Francisco! Mas então...
Não sei quanto tempo fiquei ali, o olhar fixo na correspondência que insistia em fugir de destinos sucessivos: não foi enterrada com a morta, não foi publicada no jornal, não ficou com Francisco e não se queimou. Não se queimou para me revelar agora a existência desse inesperado personagem, quem era esse Renato?! Outro amante e cuja lembrança romanticamente ela quisera levar no caixão?
Lembrei-me mais uma vez daquele olhar estrábico, aflitivamente vago. Desatei a rir. Acendi outro fósforo e senti

um verdadeiro alívio quando finalmente a chama foi avançando e agora eram as cartas que contraindo-se com estalidos secos pareciam rir.

O Noivo

As batidas na porta eram suaves mas insistentes. Ele acordou e sentou-se na cama.
— Emília, é você, Emília?
A mulher demorou para responder.
— Eu queria saber se o senhor se esqueceu, é que está chegando a hora...
— Hora do quê, Emília?
— Hora do casamento!
Casamento. Que casamento?
— Que casamento, Emília?
Ela deu uma risadinha.
— Então o senhor esqueceu mesmo, acho que é bom tomar um café, vou trazer o café.
Ele voltou-se para o pequeno relógio luminoso na mesinha de cabeceira. Oito e meia. Mas esse casamento devia ser então por volta das dez, onze horas, hein?! Hoje é quinta-feira, 12 de novembro e um casamento logo de manhã? Mas que loucura é essa?! Não sei de nada, a Emília enlouqueceu?
— Emília, mas que história é essa, o casamento é de quem?

Esperou e abriu os braços num longo espreguiçamento, ela não podia mais ouvi-lo, avisou que ia trazer o café. Afastou as cobertas, levantou-se e vagou o olhar pela penumbra do quarto. Parou diante do espelho oval da parede que parecia flutuar na sombra assim como um grande peixe luminoso no fundo do mar. É isso, um peixe luminoso, é poético, mas não estou num navio que afundou, estou no meu quarto e com Emília me acordando para o casamento, mas casamento de quem?... A coitada devia estar delirando, já estava velha e a velhice é o diabo! Como se chamava aquela doença de esquecer o tempo presente? Há de ver que num dia lá longe houve um casamento, ela lembrou e veio me chamar, Emília não está batendo bem, é isso, Não está batendo bem! repetiu em voz alta e procurou o maço de cigarro na mesa. Sorriu ao ver o cinzeiro da Naná do tempo das cerâmicas, ai! a Naná das cerâmicas com os presentes, fazia aquele curso, duas aulas por semana e então lá vinha um presente, Este eu fiz ontem para você, não é bonito? Lindíssimo, respondia e ela inventava outro quadro, outro bibelô, ai! a Naná das cerâmicas! Estava agora interessada em esculturas, escolhera um curso que estava na última moda, duas aulas por semana, era inquietante porque de repente vai me presentear com um busto de Voltaire, uma cabeça imensa com a cabeleira caindo até o ombro e o sorriso. Mas onde vamos deixar isto, Emília? E a Emília dos meus pecados, como dizia a minha mãe... Pegou o cigarro do maço ao lado do cinzeiro. Só um e chega! disse em voz alta como se o médico estivesse ali ordenando, Nunca em jejum! Ele tinha uma voz sinistra, um verdadeiro terrorista proibindo os melhores prazeres desta vida tão curta! disse em voz alta soprando a fumaça para o teto. Aposto que o dia está lindo, murmurou e abriu a janela. Azul, azul! repetiu abrindo os braços. E que sol! Poderia ir nadar no clube, almoçar com a Naná e depois passaria pelo escritório, quinta-feira? Nada de importante hoje, dois encontros e à noite pegariam um bom cinema, qual era mesmo o nome daquele filme antigo?

Deu alguns passos e viu então um terno de roupa estendido na poltrona. Aproximou-se, mas de quem seria essa roupa? Um terno novo com o paletó cinza-escuro, as calças mais claras, o vinco perfeito e até a gravata, ai! aquela gravata de seda pendendo até o chão.

Parou e pegou o paletó pela gola, claro, nunca fora usado, devia ter saído há pouco da loja. Quer dizer que... Deixou cair o paletó e baixou a cabeça. Era a roupa que devia usar, estava ali a sua espera, hein?! Quer dizer que a Emília estava certa, ele tinha um casamento nessa manhã, "Hora do casamento, o senhor esqueceu?". Ela estava certa, quem não está batendo bem sou eu, tenho um casamento e devo ser o padrinho porque se vou com essa roupa assim elegante é porque sou o padrinho. Mas padrinho de quem? Algum cliente do escritório? Mas essa gente era mais velha, todos já casados e com suas amantes, ninguém iria se casar com toda essa pompa com uma amante, hein?!... E eu o padrinho... Hora do casamento! a Emília veio avisar. Caminhou até o espelho e nele viu-se embaçado como uma figura de sonho, a Emília tinha razão, estava precisando com urgência de um café mas antes de chamar por Emília correu até a poltrona e examinou a roupa, não tinha no paletó o nome do alfaiate? Ah, lá estava a etiqueta brilhosa, *Cordis*. Os bolsos vazios, claro.

Cordis, murmurou. Nunca ouvira esse nome. Examinou a gravata, a etiqueta elegante *Pure Silk Made in Austria*. Deixou cair a gravata e voltou-se num sobressalto para a porta.

— Posso entrar?

Ele estremeceu. Correu até a mesa, acendeu outro cigarro e não pôde controlar a mão que tremia.

— Entra, Emília, entra... E essa roupa?

Ela voltou-se surpreendida para a poltrona.

— Que é que ela tem? Não está certa?

— Está mas a calça amarrotou um pouco...

— Posso alisar se o senhor quiser. Mas já são quase nove horas, o casamento não é às dez? O café está aqui, o senhor não quer uma xícara?

— Agora não, depois.

"Depois", repetiu baixando o olhar para o pequeno armário. Abriu-o e empalideceu, não, não estava ali a pequena maleta que usava para viagens mais curtas e com a qual iria depois para a lua de mel. Quem teria levado essa maleta e por quê?!... Inclinando o corpo para trás, ainda de joelhos, sentou-se sobre os calcanhares, abriu as mãos e ficou olhando para as unhas. "Perdi a memória!" Fechou as mãos e bateu com os punhos no chão. "Mas se eu me lembro de tudo, como é que perdi a memória?" Levantou-se de um salto e arrancou o paletó do pijama. "Mas que brincadeira é esta? Estou ótimo, nunca estive tão bem, meu nome é Miguel, advogado, quarenta anos, trabalho na Goldschmidt e Pedro é meu chefe, eles são chatos mas pagam bem, minha mãe morreu há três anos e Naná é minha amante, ela fazia cerâmica mas agora faz estátuas... Na primeira gaveta da cômoda, do lado direito, dentro de uma caixa está o relógio que meu pai me deixou e também aquele medalhão com o retrato da minha mãe, ela foi num baile de Carnaval fantasiada de espanhola. Costumava me chamar de Mimi, lembro bem da minha infância, lembro tudo, tudo! Na Avenida Paulista tinha o casarão do avô, era um casarão cor-de-rosa com um pé de jasmins no quintal, posso ainda sentir aquele perfume..."

Correu até a cômoda, abriu a gaveta: "Não falei?...", apertou o medalhão entre os dedos e sorriu cheio de gratidão para o retrato da mãe que sorria sob a mantilha de renda. "Olha aí, não falei?..." Beijou o medalhão e levou ao ouvido o relógio de ouro, fez girar a rosca da corda e levou-o de novo ao ouvido. "E então?" Esboçou um gesto na direção da poltrona. Lembrava-se de tudo, menos do casamento, essa faixa da memória continuava apagada, só aí a névoa se fechava indevassável. A começar por essa noiva que se diluía no éter, mas e essa noiva? As coisas se passavam como nas histórias encantadas, onde o príncipe mandava vir a donzela de um reino distante sem tê-la visto nunca, o amor construído em torno de um anel de cabelo, de um lenço, de um retrato. "E eu nem isso tenho. Ou tenho?" Devia ter um retrato, ao menos um retrato dela! Vagou o olhar pelas paredes, pelos móveis. Nada. Revolveu as gavetas. Folheou avidamente o álbum da família, caras amarelas e mortas, desconhecidas na maioria. Nas últimas páginas, ainda não colocados, alguns retratos mais recentes: flagrantes de um piquenique, de um passeio de barco, de uma festa de formatura... Num instantâneo tirado ao lado de um trem, no meio de um grupo de amigos, estava Dora. Passou o polegar na silhueta ensolarada. Amor breve que começou na chácara, com encontros noturnos no celeiro, sob o voo negro dos morcegos. Mas Dora já estava casada. E vou me casar hoje com alguém que não sei quem é.

"A Emília sabe, pergunto a ela!", disse. Mas perguntar, como? "Emília, qual é o nome da minha noiva?" Ridículo perguntar, porque seria denunciar sua loucura. Vacilou. Mas o que seria loucura, recusar a realidade ou pactuar com ela?

Abriu de novo o álbum, apanhou ao acaso um retrato de Naná. Não, a Naná era desquitada. Este casamento vai ser na igreja e a noiva é solteira ou viúva. Ela deve ter exigido todo o ritual e não abriu mão de nada! E eu? Que papel estou fazendo nisso tudo?! Pensou na carinha lavada de Rosana, sim, viúva. Mas por que a Rosana? Não, impossível, porque teria que ser ela? Tirou ao acaso um postal de dentro de um envelope: entre duas desconhecidas estava Jô com seus cabelos compridos e lisos, as pernas compridas, um pouco finas, talvez. E se fosse a Jô? Um caso que se arrastara quatro anos. No último encontro — lembrava-se tão bem — comeram sanduíche de queijo, beberam vinho tinto e se deitaram lado a lado, ouvindo Mozart. Acho Mozart um chato, disse ela levantando-se e desligando o toca-discos. Ele chegou a esboçar um gesto para retê-la mas pensou: para quê? Viu-a vestir-se sabendo muito bem que ela não voltaria. Deixou-a partir. Mas e se ela tivesse voltado? Guardou o retrato no envelope, não, não podia ser Jô, alguém lhe dissera há tempos que ela andava viajando com um vago diplomata. Fechou o álbum. E Cecília casada pela terceira vez. E Amanda, a suave Amanda das antigas noitadas, dera de beber. E Regina já era mãe de cinco filhos. E Virgínia estava morta, a missa de corpo presente na Igreja do Rosário.

— O senhor quer agora o café? — perguntou Emília.

Ele recebeu a bandeja. Encarou-a. Era evidente que ela não podia gostar da ideia de vê-lo partir, nenhuma empregada quer ter de repente uma patroa. Mas além desse ressentimento não haveria naquele sorriso qualquer coisa de diferente? Achou-a de um certo modo esquiva. Assim chocada. Sombria.

— Sabe as horas, Emília?

— Vinte para as dez. O senhor está atrasado e ainda não se vestiu.

— Posso me vestir num instante, você sabe.

— Sei, mas hoje é diferente...

Ele demorou o olhar no café fumegante. Negro, negro. Aspirou-lhe o cheiro. "E se eu der um chute nessa roupa, não caso, não me lembro de nada, esse casamento é uma farsa!" Poderiam interná-lo como louco. "Enlouqueceu na manhã do casamento", diria o jornal. "É que eu não sei também até que ponto me comprometi. Até que ponto."

Bebeu o café. Encarou-a de novo.

— Então, Emília? Tudo em ordem?

Ela sorriu.

— O senhor é que sabe — disse enfiando as mãos no bolso do avental.

"Até que ponto me comprometi?", repetiu a si mesmo sacudindo a cabeça que já começava a doer. Dirigiu-se ao banheiro. E só quando se cortou pela segunda vez no queixo é que reparou que se barbeava sem ter ensaboado a cara. Lavou o corte que sangrava. E se disser *Não!* Seria fácil, "chega, não sei de nada". Mas teria que saber até que ponto tinha ido. Um jogo difícil, sem regras e sem parceiros. Quando deu acordo de si, já estava na hora da cerimônia. A solução era prosseguir jogando.

— Miguel!

Era a voz de Frederico que já tinha entrado. Inclinando-se até o jorro de água, Miguel molhou mais uma vez o rosto, os pulsos.

— Mas, Miguel... você ainda está assim? Faltam só dez minutos, homem de Deus! Como é que você atrasou desse jeito? Descalço e de pijama!...

Miguel baixou o olhar. Frederico era seu amigo mais querido. Contudo, viera buscá-lo para *aquilo*.

— Fico pronto num instante, já fiz a barba.

— E que barba, olha aí, cortou-se todo. Já tomou banho?

— Não.

— Ainda não?! Santo Deus. Bom, paciência que agora não vai dar mesmo tempo — exclamou Frederico empurrando-o para o quarto. — Vai sem tomar banho. Uma nota original...

— Nessa cerimônia tem outras notas mais originais ainda — murmurou Miguel. E quis rir mas os lábios se fecharam numa crispação.

— Você está pálido, Miguel, que palidez é essa? Nervoso?

— Não.

— Acho que a noiva está mais calma.

— Você tem aí o convite?

— Que convite?

— Da cerimônia, ora.

— Claro que não tenho convite nenhum, por quê?

— Queria ver uma coisa...

— Que coisa? Não tem que ver nada, Miguel, estamos atrasadíssimos, eu sei onde é a igreja, sei a hora, o que mais você quer? E esse laço medonho, deixa que eu faço o laço.

Miguel entregou-lhe a gravata. Pensou em Vera. E se fosse a Vera, a irmã caçula de Frederico, a mais bonita, a mais graciosa. Seria ela?

Quando passou por Emília, ela enxugava os olhos na barra do avental, estava chorando.

— Você não vem, Emília?

— Não gosto de ver.

"Nem eu", quis dizer-lhe. Quando entrou no carro, procurou relaxar a crispação dos músculos e afundou na almofada. Fechou os olhos. O paletó era largo demais, o colarinho apertava e a cabeça já doía sem disfarce. Mas agora estava inexplicavelmente tranquilo. Deixava-se conduzir. Para onde? Não importava, Frederico sabia.

— A igreja é longe?

— Estamos diante dela — disse Frederico arrefecendo a marcha do carro. — Mas limpe esse corte que está sangrando, fique com meu lenço!

E quanta gente, meu Deus, quanta gente! Fechou o vidro. Queria ser aquele menininho ali adiante que vendia revistas, queria ser aquele gatinho preto que se sentara no último degrau da escadaria e lambia a pata, os olhos apertados por causa do sol. Guardou no bolso o lenço com a nódoa de sangue.

Num andar de autômato, Miguel foi caminhando em meio dos convidados. O suor descia-lhe pelas têmporas. Sentiu os lábios secos, a boca seca. Enxugou a testa sentindo no braço, delicada mas enérgica, a pressão dos dedos de Frederico impelindo-o para a frente. O perfume das flores era morno assim como nos velórios. E essa nódoa no lenço. Sentia-se enfraquecido como se todo o seu sangue e não apenas algumas gotas tivesse se esvaído naquele corte.

— Esse cheiro, Frederico. E essas velas...

— Que cheiro? Toda igreja... então não sabe? Ainda sangra? Esse talho, limpa com o meu lenço!

Não respondeu. Viu tia Sônia toda vestida de preto, mas por que ela veio de preto? Viu as gêmeas cochichando. Viu mais além — e o coração pesou-lhe — a Naná, viu-a rapidamente mas pôde sentir o quanto ela estava triste. Viu Pedro conversando com colegas do escritório. Viu Amanda — estaria bêbada? — meio vacilante. E viu Vera.

Num desfalecimento, Miguel quis se apoiar em alguma coisa mas não havia nada ao alcance para se apoiar. A cabeça latejou com mais violência.

— Ela acabou de chegar — avisou tia Sônia aproximando-se afobada.

Abriu-se a porta no alto da escadaria e a noiva foi surgindo lentamente como se tivesse estado submersa abaixo do nível do tapete vermelho. E agora viesse à tona sem nenhuma pressa, primeiro a cabeça, depois os ombros, os braços... Tinha o rosto coberto por um denso véu que flutuava na correnteza do vento como a vela desfraldada de um barco. Laura?

Ela foi se aproximando ao compasso grave da marcha. Miguel apertou os olhos míopes. Como era espesso o véu! E quem estaria por detrás, quem? O vento soprando e a indevassável nebulosa deslizando pelo tapete. Miguel adiantou-se. Deu-lhe o braço adivinhando-a sorrir lá no fundo dos véus. Não seria a Margarida?

Por um momento ele fixou o olhar na mão enluvada que se apoiou no seu braço. Era leve como se a luva estivesse vazia, nada lá dentro, ninguém sob os véus, só névoa, névoa. A sedução do mistério envolveu-o como num sortilégio, agora estava excitado demais para recuar. Entregou-se. Ouvia agora a cantiga de roda lá da infância com uma menina ajoelhada tapando o rosto com o lenço, "Senhora Dona Sancha, coberta de ouro e prata...". Ele então avançava para a roda, entrava lá no meio onde a menina se escondia e a descobria, "Queremos ver sua cara!".

O silêncio. Era como se estivesse ali à espera não há alguns minutos mas alguns anos, toda a duração de uma vida. Quando ela apanhou as pontas do véu que lhe descia até os ombros, ele teve o sentimento de que estava chegando ao fim. A cantiga da infância voltou mais próxima, "Senhora Dona Sancha!...". Quem, quem? O véu foi subindo devagar, difícil o gesto. E tão fácil. Atirou-o para trás num movimento suave mas firme.

Miguel a encarou. "Que estranho. Lembrei-me de tantas e justamente *nela* eu não tinha pensado…"
Inclinou-se para beijá-la.

A Estrela Branca

Ah, meu Deus, meu Deus, como poderei contar todo esse horror se tenho a boca seca como se tivesse engolido um punhado de areia e se as minhas mãos estão geladas como as mãos dos afogados?! É a realidade ou um pesadelo? Desde quando estou assim rodando desgovernado feito um pião com as palmas das mãos comprimindo com força os meus olhos — espera, eu disse *os meus olhos*?...
    Espera, calma, um pouco de calma e saberás tudo, vamos pelo começo, foi há dois meses que assim tateante e apoiado numa bengala cheguei a esta ponte, um cego mas um cego orgulhoso, nunca quis ter aquele cão-guia que vai indo assim na frente silencioso e triste, ah! querem tanto se libertar e a libertação dos guias e dos cegos só pode ser a morte. Naquele dia, tomado por uma alegria quase insuportável consegui chegar a esta ponte e fiquei ouvindo as águas tumultuadas do rio correndo lá embaixo e que me chamavam, Vem!... Para não despertar a atenção dos passantes eu pousei a minha bengala no chão, segurei no gradil de ferro e cheguei a sorrir tão feliz como naquela minha

última noite em que vi a minha estrela branca pela última vez, palpitando lá no céu, estava tão próxima que se estendesse a mão poderia segurá-la, ah! era linda essa última visão antes de mergulhar nesta treva. Dormi feliz e quando acordei não enxerguei mais nada e então comecei a gritar, Estou cego, estou cego! E as pessoas em redor pensando que eu tinha enlouquecido, antes fosse loucura mas era mesmo a cegueira. Fui levado para o hospital e durante um ano os médicos tão atônitos quanto eu mesmo tratando deste cego sem solução e sem explicação, os dias, os meses correndo e aquele espanto, aquela perplexidade... Então pensei, Não quero isto, não quero! e de repente resolvi fugir. Lembrei-me daquele rio correndo tumultuado e que seria a minha libertação. Fugi do hospital e perguntando e tateando pelas ruas quase gritei de alegria quando a voz do rio foi ficando mais próxima, mais próxima e me chamando, Vem!

 Poucos passantes na ponte e assim tentei fazer uma cara tranquila quando pousei a bengala no chão e me agarrei ao corrimão de ferro, Agora, já! sussurrei crispado como um gato antes de saltar. Foi então que alguém me agarrou pelo braço. Voltei-me enfurecido, e então?!... Quem vinha se intrometer, quem?!... O desconhecido — era um homem — apanhou a bengala no chão e disse com voz tranquila, Boa tarde! Crispei a boca, baixei a cabeça. Não respondi e ele ainda me segurando, ah! mas o que significava isso? Respirei de boca aberta, calma! fiquei repetindo a mim mesmo. E se ele resolvesse chamar a polícia? Deve ser proibido se matar, hein?! A mão que me segurava era forte, vigorosa. Levantei a cabeça e tentei sorrir, Quer ter a bondade de me soltar? eu pedi. Ele afrouxou a mão e em voz baixa, para não chamar a atenção dos passantes disse que eu adiasse o suicídio, era possível adiar o suicídio? Dilatei as narinas e pensei, ele devia ser um médico, cheirava a hospital.

 — Médico?

 — Doutor Ormúcio — ele respondeu baixando o tom de voz. — Há quanto tempo está cego?

Ah! meu Deus, meu Deus, quer dizer que ia começar tudo de novo?! Ele tinha aquele mesmo tom obstinado dos médicos lá do hospital, ah, sim, eu conhecia bem essa raça, melhor ir com calma, decidi e devo ter sorrido porque senti que ele sorriu também.

— Faz um ano, doutor. Pela última vez vi no céu uma estrela e depois dormi e quando acordei não vi mais nada. Fui levado para o hospital e lá fiquei internado, especialistas me trataram, me viraram do avesso e nada, nada, continuava cego. Então eu pediria agora que seguisse seu caminho e me deixasse em paz, agradeço a intervenção mas largue do meu braço, por favor, e me deixe. É pedir muito?

— Mas há quanto tempo?...

— Estou cego? Há mais ou menos um ano, está satisfeito? Agora adeus, doutor. Siga o seu caminho e seguirei o meu, gratíssimo e adeus!

Ele aproximou-se mais. Falou com a boca quase encostada ao meu ouvido.

— Acontece que andei fazendo algumas descobertas importantes, está me escutando? Você não tem nada a perder, é jovem ainda, quantos anos?

— Trinta e dois.

— Ótimo! Se o meu tratamento falhar, voltará aqui, as águas esperam, este rio não vai desaparecer... O tratamento não será doloroso, isso eu prometo. E não precisará me pagar, serei belamente recompensado com o sucesso dessa operação... Está claro?

— Claríssimo — eu sussurrei.

Ele fez uma pausa. Senti seu olhar atento. Tentei relaxar, Calma! pedi a mim mesmo. O intruso parecia bem-intencionado, era melhor relaxar e assim quem sabe ele me deixaria em paz.

— Tem família? — perguntou.

— Não. Sou só, não tenho nada a não ser a solidão e esta treva. Agradeço de coração a sua proposta, vou pensar nela

e agora, se me permite eu me despeço muito grato pelo seu interesse doutor...
— Doutor Ormúcio. Moro só com o meu empregado. Venha comigo e conversaremos melhor, não vai se arrepender, a morte pode esperar, concorda? Deixei-me levar como uma criancinha. Esta é a minha casa, e este é o meu empregado, ele disse quando chegamos. O empregado era um homem ainda jovem, de voz mansa. Parecia estar habituado às singularidades do patrão porque não demonstrou nenhuma surpresa quando Ormúcio pediu-lhe que preparasse o quarto para o hóspede.

Foram dias calmos, eu estava indiferente, apático e foi sem nenhuma emoção que ouvi Ormúcio me dizer depois de um prolongado exame que eu estava em condições de ser operado. Ah, é uma operação? eu disse. Ormúcio confirmou e daí por diante não estivemos mais juntos, ele passava o tempo todo no consultório ou no hospital e eu já pensava em fugir quando certa manhã ele entrou no meu quarto.

— Hoje vamos para o hospital.

Nesse instante a ideia de enxergar novamente sacudiu-me com violência. Poderei descrever aquele tempo que antecedeu à operação? Não me faça perguntas, Ormúcio ordenava. E eu obedecia, verdadeiro autômato nas mãos daquele homem que ora se me afigurava um deus, ora um demônio, impenetrável como a própria escuridão. Fui um desses bonecos de mola esquecido num canto e que de repente alguém se lembrou de dar corda e a corda foi excessiva, tudo se embaralhou e me descontrolei numa volúpia de movimentos que já era uma alucinação. No meu peito arfante o desespero e a esperança num rodízio enlouquecedor, às vezes eu me sentia rolando no espaço sem direção e sem socorro. Mas de repente um jorro de luz me inundava e eu me preparava para "aquilo" com o entusiasmo de um menino a se aprontar para uma festa. Já nem fazia mais ideia há quanto tempo estava internado à espera quando de repente, numa madrugada — devia ser madrugada — Ormúcio aproximou-se.

— Venha comigo.
Obedeci em silêncio, habituado a fazer o que me ordenavam sem perguntar "por quê". Conduziu-me por um longo corredor que achei frio e deteve-se diante de uma porta. Segurou no meu braço.
— Ele sabe que vai morrer logo, falência múltipla dos órgãos — sussurrou-me e pela primeira vez notei um leve tremor na sua voz. — Creio que não passa de amanhã... Ele me pediu para falar com você, antes ele quer falar com você.
— Ele quem?
Silêncio. Comecei a tremer porque de repente senti que alguma coisa terrível ia ser revelada e assim todo o meu ser se inteiriçava na expectativa "daquilo" que meus sentidos pressentiam. Estaquei resfolegante como à beira de um abismo.
— Ele quem? — repeti num sopro de voz. — Quem é que quer falar comigo antes de morrer?
— Ele... O homem de quem você vai herdar os olhos.
Encostei-me à porta para não cair. Então era isso, era isso. Meus olhos iam ser arrancados e nos buracos seriam colocados os olhos daquele homem que estava morrendo. O moribundo me fazia presente dos olhos, eu ia herdar um par de olhos!
Desatei a rir e logo o riso se transformou em soluços.
— Vamos, nada de cenas, acalme-se! — Ormúcio ordenou a sacudir-me com força. — É um mendigo, há meses está internado aqui. Naquela tarde em que impedi seu suicídio eu já estava pensando nele, nos olhos dele que são perfeitos e que poderiam servir para alguém. Nem eu nem ele, nós não queremos nada em troca, ele se contenta em lhe ceder os olhos e eu serei pago com o sucesso da operação. Compreendeu agora?
Fiz que sim com a cabeça. Compreendia tudo e estava de acordo com tudo, como não havia de estar de acordo? Eu queria enxergar, não era isso? E para enxergar, usaria de todos os meios, fossem quais fossem. Enxuguei o suor que me empastava os cabelos e entrei no quarto. No silêncio, só se ouvia uma respiração ansiosa. Inclinei-me. Senti um hálito fétido.

— É este? — uma voz áspera perguntou voraz. Era tão asqueroso o bafo que vinha daquelas cobertas e tão desagradável aquela voz que instintivamente recuei.
— Sim, ele é bem jovem! — prosseguia a voz sem esperar pela resposta. Havia nessa voz um tom de insuportável alegria.
— Quer dizer que viverei muitos anos ainda! Muitos anos! Continuei calado, voltando o rosto para não sentir mais o bafo que vinha em lufadas do meu benfeitor. Ah, benfeitor, benfeitor!... Se eu soubesse, meu Deus! Que ridícula soa agora esta palavra, benfeitor! Decerto ele está delirando, pensei e só mais tarde aquelas frases voltaram cheias de sentido, verdadeiras hienas a devorarem a paz do meu coração.
— Se você não fosse tão jovem eu não lhe daria meus olhos — exclamou o moribundo apertando avidamente a minha mão. — Meus cabelos caíram, meus dentes caíram, minha carne murchou, de toda esta ruína, só os olhos se salvaram. Pois fique com eles e bom proveito!

Ormúcio impeliu-me para o corredor e fechou apressadamente a porta do quarto mas ainda pude ouvir atrás a voz triunfante:
— Continuarei em você! Continuarei!
Fomos para o jardim. Ormúcio acendeu um cigarro e colocou-o entre meus dedos.
— Não imaginei que ele começasse a delirar justamente na hora em que você... Enfim, passou — disse Ormúcio secamente.
Deixei cair o cigarro e aspirei o perfume fresco da folhagem orvalhada. A voz medonha, o hálito repugnante, tudo aquilo parecia agora pertencer a um pesadelo.
— A última coisa que meus olhos viram foi uma estrela branca cintilando no céu, a minha estrela! Da cama, eu a via sempre pela janela aberta. Naquela noite ela se apagou. Aceito tudo para vê-la novamente.

Dessa operação e dos dias que se seguiram nada poderei dizer porque minha memória partiu-se em mil pedaços assim como um espelho. Sei que certa manhã ouvi a voz sussurrante de Ormúcio segredar a um colega: Amanhã saberemos! Um tremor violento sacudiu-me todo. E quando veio a enfermeira da noite avisando que as bandagens seriam retiradas, pedi-lhe que saísse um pouco do quarto, eu queria ficar só para rezar. Ela obedeceu. Então sentei-me na cama e freneticamente fui arrancando as gazes, arrancando tudo... A princípio, ainda o negrume! E eu já ia desabar sobre mim mesmo dilacerando-me quando aos poucos um armário branco, um crucifixo, uma cadeira começaram a emergir das sombras, vagamente, meio dissolvidos como os destroços de um naufrágio. Vieram à tona, à tona... dançaram na minha frente indecisos sob um véu de lágrimas. Depois foram se firmando. E se fixaram.

Sufoquei um grito. E delirando de alegria, saltei do leito e escancarei as janelas, era noite, era noite. E a minha estrela? quis saber, erguendo a cara para o céu, queria vê-la de novo, branca e cintilante, ela que se tornara cinzenta, onde estará, onde?

Foi nesse instante que o horror começou, ah, mas de que modo explicar a hediondez da minha descoberta? Ergui a face para o céu, ergui a face mas os olhos... os olhos *não* obedeciam. Quero olhar a estrela, a estrela! repeti mil vezes num esforço desesperado. E os olhos baixavam obstinados para o jardim como se fios poderosos os dirigissem para o lado oposto daquele que minha vontade ordenava. Como descrever o horror que senti? Como explicar minha cólera ao verificar que fora enganado, miseravelmente enganado porque nunca aqueles olhos seriam meus! Que me adiantava tê-los herdado, ter-lhes dado vida se eram independentes, se não me obedeciam? Penso que jamais poderei reproduzir as tentativas alucinadas que fiz naquelas horas para arrancá-los da força medonha que os mantinha na direção oposta daquela que eu determinava, insolentes, livres. Tentei fechá-los, mas esbugalhados como se quisessem saltar, eles rodaram nas minhas órbitas como dois piões num rodopio enlouquecedor e agora se divertiam à minha custa, riam-se de mim naquela brincadeira infernal. Corri para o espelho. Na minha cara pálida e encovada, só os olhos do morto pareciam ter vida, tão brilhantes quanto cruéis. E se deliciavam em me examinar com uma expressão triunfante, gozando o contraste que faziam com o meu rosto retorcido pelo horror. *Eu continuarei em você!* não foi o que disse o monstro asqueroso?

Cobri a cara com as mãos. Ormúcio triunfara porque a operação fora um sucesso, o morto também triunfara porque continuava vivendo dentro das minhas órbitas, mas e eu?! Sorrateiramente, antes que o sol raiasse fugi do hospital saltando pela janela. Ormúcio ficaria na dúvida, era esta a minha paga, ele não saberia jamais se fracassara ou não. E do morto, como vingar-me dele?

Aqui estou no mesmo lugar de onde Ormúcio me arrastou para a sua experiência. Agora os olhos ficaram obedientes, me atendem, ah! eles me obedecem, vejo o que quero, estas águas que são mais escuras e turbulentas do que eu imaginava, vejo as nuvens, vejo uma criança correndo lá longe... Eis que agora os olhos me obedecem apavorados porque descobriram meu plano, sabem por que fugi do hospital e por que vim a esta ponte, eles sabem! E já não zombam de mim, não, não zombam mais, sabem que me sepultarei no negrume das águas, desaparecerei como a minha estrela sepultada no negrume do céu, ela e eu teremos o mesmo destino. Agora não posso deixar de rir, de gargalhar até perder o fôlego porque tudo está sendo muito engraçado! O morto queria viver à minha custa, dono de mim! Só que ele não contava com isso, agora sou eu que me rio dele e ainda estarei rindo até o instante em que os seus olhos monstruosos se dissolverem nas águas como duas miseráveis bolotas de miolo de pão.

O Encontro

Em redor, o vasto campo. Mergulhado em névoa, o verde era pálido e opaco. Contra o céu erguiam-se os negros penhascos tão retos que pareciam recortados a faca. Espetado na ponta da pedra mais alta o sol espiava através de uma nuvem.

"Onde, meu Deus?!", perguntava a mim mesma. "Onde vi esta mesma paisagem numa tarde assim igual?..."

Era a primeira vez que eu pisava naquele lugar. Nas minhas andanças pelas redondezas jamais fora além do vale. Mas nesse dia, sem nenhum cansaço, transpus a colina e cheguei ao campo. Que calma e que desolação. Tudo aquilo — disso estava bem certa — era completamente inédito para mim. Mas por que então o quadro se identificava, em todas as minúcias, com uma imagem semelhante lá nas profundezas de minha memória? Voltei-me para o bosque que se estendia à minha direita. Esse bosque eu também já conhecia com sua folhagem cor de brasa dentro de uma névoa dourada. "Já vi tudo isso, já vi... Mas onde? E quando?"

Fui andando em direção aos penhascos. Atravessei o campo e cheguei à boca do abismo cavado entre as pedras:

um vapor denso subia como um hálito daquela garganta de cujo fundo insondável vinha um remotíssimo som de água corrente. Aquele som eu também conhecia. Fechei os olhos. "Mas se nunca estive aqui! Sonhei, foi isso? Percorri em sonho estes lugares e agora os encontro, palpáveis, reais? Por uma dessas extraordinárias coincidências teria eu antecipado aquele passeio enquanto dormia?"

Sacudi a cabeça, Não, a lembrança — tão antiga quanto viva — escapava da inconsistência de um simples sonho. Ainda uma vez fixei o olhar no campo enevoado, nos penhascos enxutos. A tarde estava silenciosa. Contudo, por detrás daquele silêncio, no fundo daquela quietude eu sentia qualquer coisa de sinistro. Voltei-me para o sol que sangrava como um olho empapando de vermelho a nuvenzinha que o cobria. Invadiu-me a obscura sensação de estar próxima de um perigo. Mas que perigo era esse?

Dirigi-me ao bosque. E se fugisse? Seria fácil fugir, não? Meu coração se apertou inquieto. Fácil, sem dúvida, mas eu prosseguia implacável como se não restasse mesmo outra coisa a fazer senão avançar. "Vá embora depressa, depressa!", a razão ordenava enquanto uma parte do meu ser, mergulhada numa espécie de encantamento, se recusava a voltar.

A luz dourada filtrava-se entre a folhagem do bosque que parecia petrificado. Não havia a menor brisa soprando nas folhas enrijecidas numa tensão de expectativa.

"A expectativa está só em mim", pensei triturando entre os dedos uma folha avermelhada. Tive então a certeza absoluta de ter feito esse gesto enquanto pisava naquele mesmo chão que arfava sob os meus sapatos. Enveredei por entre as árvores. "E nunca estive aqui, nunca estive aqui!", fui repetindo a aspirar o cheiro frio da terra. Encostei-me a um tronco e por entre uma nesga da folhagem vislumbrei o céu pálido. Era como se o visse pela última vez.

"A cilada", pensei diante de uma teia que brilhava suspensa entre dois galhos. No centro, a aranha. Aproximei-me: era uma aranha ruiva e atenta, à espera. Sacudi violentamente o galho e desfiz a teia que pendeu desfeita. Olhei em redor assombrada. E a teia para a qual eu caminhava, quem iria desfazê-la? Lembrei-me do sol, lúcido como a aranha. Então enfurnei as mãos nos bolsos, endureci os maxilares e segui pela vereda.

"Agora vou encontrar uma pedra fendida ao meio." E cheguei a rir entretida com aquele estranho jogo de reconhecimento: lá estava a grande pedra golpeada com tufos de erva brotando na raiz da fenda. "Se for agora por este lado vou encontrar um regato." Apressei-me. O regato estava seco mas os pedregulhos limosos indicavam que provavelmente na próxima primavera a água voltaria a correr por ali.

Apanhei um pedregulho. Não, não estava sonhando. Nem podia ter sonhado, mas em que sonho caberia uma paisagem tão minuciosa? Restava ainda uma hipótese: e se eu estivesse sendo sonhada? Perambulava pelo sonho de alguém, mais real do que se estivesse vivendo. Por que não? Daí o fato estranhíssimo de reconhecer todos os segredos do bosque, segredos que eram apenas do conhecimento da pessoa que me captara em seu sonho. "Faço parte de um sonho alheio", disse e espetei um espinho no dedo. Gracejava mas a verdade é que crescia minha inquietação: "Se eu for prisioneira de um sonho, agora escapo". Uma gota de sangue escorreu pela minha mão, a dor tão real quanto a paisagem.

Um pássaro cruzou meu caminho num voo tumultuado. O grito que soltou foi tão dolorido que cheguei a vacilar num desfalecimento, E se fugisse? E se fugisse? Voltei-me para o caminho percorrido, labirinto sem esperança. "Agora é tarde!", murmurei e minha voz avivou em mim um último impulso de fuga. "Por que tarde?"

A folha seca que resvalou pela minha cabeça era a advertência que colhi no ar e fechei na mão: que eu não buscasse esclarecer o mistério e nem pedisse explicações para o absurdo daquela tarde tão inocente na sua aparência. Tinha apenas que aceitar o inexplicável até que o nó se desatasse na hora exata.

Enveredei por entre dois carvalhos: ia de cabeça baixa, o coração pesado mas com as passadas enérgicas, impelida por uma força que não sabia de onde vinha. "Agora vou encontrar uma fonte. Sentada ao lado, está uma moça."

Ao lado da fonte estava a moça vestida com um estranho traje de amazona. Tinha no rosto muito branco uma expressão tão ansiosa que era evidente estar à espera de alguém. Ao ouvir meus passos animou-se para cair em seguida no maior desalento.

Aproximei-me. Ela lançou-me um olhar desinteressado e cruzou as mãos no regaço.

— Pensei que fosse outra pessoa, estou esperando alguém.

Sentei-me numa pedra verde de musgo olhando em silêncio seu traje completamente antiquado: vestia uma jaqueta de veludo preto e uma extravagante saia rodada que lhe chegava até a ponta das botinhas de amarrar. Emergindo da gola alta da jaqueta destacava-se a gravata de renda branca, presa com um broche de ouro em forma de bandolim. Atirado no chão, aos seus pés, o chapéu de veludo com uma pluma vermelha.

Fixei-me naquela fisionomia devastada. "Já vi esta moça, mas onde foi? E quando?..." Dirigi-me a ela sem o menor constrangimento, como se a conhecesse há muitos anos.

— Você mora aqui perto?

— Em Valburgo — respondeu sem levantar a cabeça.

Mergulhara tão profundamente nos próprios pensamentos que parecia desligada de tudo, aceitando minha presença sem nenhuma surpresa, não notando sequer o disparatado contraste de nossas roupas. Devia ter chorado e agora ali estava numa patética exaustão, as mãos abandonadas no regaço, alguns anéis de cabelo caindo pelo rosto. Nunca criatura alguma me pareceu tão desesperada, tão tranquilamente desesperada, se é que cabe tranquilidade no desespero: perdera toda a esperança e decidira resignar-se. Mas sentia-se a fragilidade naquela resignação.

— Valburgo, Valburgo... — fiquei repetindo. O nome não

me era desconhecido mas não me lembrava de nenhum lugar com esse nome em toda aquela região.

— Fica logo depois do vale. Não conhece Valburgo?

— Conheço — respondi prontamente. Tinha agora a certeza de que esse lugar não existia mais.

Com um gesto indiferente ela tentou prender o cabelo que desabava do penteado alto. Afrouxou ansiosamente o laço da gravata como se lhe faltasse o ar. O bandolim de ouro pendia repuxando a renda. "Esse broche... Mas já não vi esse mesmo broche nessa mesma gravata?!"

— Eu esperava uma pessoa — disse com esforço voltando o olhar dolorido para o cavalo preso a um tronco.

— Gustavo?

Esse nome escapou-me com tamanha espontaneidade que me assustei: era como se estivesse sempre em minha boca aguardando aquele instante para ser dito.

— Gustavo — repetiu ela e sua voz era um eco. — Gustavo.

Encarei-a. Mas por que ele não tinha vindo? "E nem virá, nunca mais, nunca mais."

Fixei obstinadamente o olhar naquela desconcertante personagem de um antiquíssimo álbum de retratos. Álbum que eu já folheara muitas e muitas vezes. Pressentia agora um drama com cenas entremeadas de discussões violentas, lágrimas, cólera. A cena esboçou-se esfumadamente nas minhas raízes, a cena que culminou naquela noite das vozes exasperadas, vozes de homens, de inimigos. Alguém fechou as janelas da pequena sala frouxamente iluminada por um candelabro. Procurei distinguir o que diziam quando através da vidraça embaçada vi delinear-se a figura de um velho magro, de sobrecasaca preta, batendo furiosamente a mão espalmada na mesa enquanto parecia dirigir-se a uma máscara de cera que flutuava na penumbra.

Moveu-se a máscara entrando na zona de luz. Gustavo! Era Gustavo. A mão do velho continuou batendo na mesa e eu não podia me despregar dessa mão tão familiar com suas veias azuis se enroscando umas nas outras numa rede de fúria. Nos punhos de renda de sua camisa destacavam-se com uma nitidez atroz os rubis de suas abotoaduras. Um dos homens avançou. Foi Gustavo? Ou o velho? A garrucha avançou também e a cena explodiu em meio de um clarão. Antes do negrume total vi por último as abotoaduras brilhando irregulares como gotas de sangue.

Senti o coração confranger-se de espanto, "Quem foi que atirou, quem foi?!". Apertei os dedos contra os olhos. Era quase insuportável a violência com que o sangue me golpeava a fronte.

— Você devia voltar para casa.

— Que casa? — perguntou ela abrindo as mãos.

Olhei para suas mãos. Subi o olhar até seu rosto e fiquei sem saber o que dizer: era parecidíssima com alguém que eu conhecia tanto.

— Por que você não vai procurá-lo? — lembrei-me de perguntar. Mas não esperei a resposta porque a verdade é que ela também suspeitava que estava tudo acabado.

Escurecia. Uma névoa roxa que eu não sabia se vinha do céu ou do chão parecia envolvê-la numa aura. Achei-a impregnada da mesma falsa calmaria da paisagem.

— Vou embora — ela disse apanhando o chapéu.

Sua voz chegou-me aos ouvidos bastante próxima, mas singularmente longínqua. Levantei-me e nesse instante soprou um vento gelado com tamanha força que me vi enrolada numa verdadeira nuvem de folhas secas e poeira. A ramaria vergou num descabelamento desatinado. Verguei também tapando a cara com as mãos. Quando consegui abrir os olhos ela já estava montada. O mesmo vento que despertara o bosque com igual violência arrancou-a daquela apatia, ela palpitava em cima do cavalo tão elétrico quanto as folhas rodopiando em redor. Espicaçado, o animal batia com os cascos nos pedregulhos, desgrenhado, indócil. Eu quis retê-la:

— Há ainda uma coisa!

Ela então voltou-se para mim. A pluma vermelha de seu chapéu debatia-se como uma labareda em meio da ventania. Seus olhos eram agora dois furos na face de um tom acinzentado de pedra.

— Há ainda uma coisa — repeti agarrando as rédeas do cavalo.

Ela arrancou as rédeas das minhas mãos e chicoteou o cavalo. Recuei: aquela chicotada atingiu em cheio o mistério. Desatou-se o nó na explosão da tempestade. Meus cabelos eriçaram. Era comigo que ela se parecia! Aquele rosto era o meu!

— Eu fui você — murmurei. — Num outro tempo eu fui você! — quis gritar e minha voz saiu despedaçada.

Tão simples tudo, por que só agora entendi?... O bosque, a aranha, o bandolim de ouro pendendo da gravata, a pluma do chapéu, aquela pluma que minhas mãos tantas vezes alisaram... E Gustavo? Estremeci. Gustavo! A saleta esfumaçada se fez nítida: lembrei-me do que tinha acontecido e do que ia acontecer.

— Não! — gritei, puxando de novo as rédeas.

Um raio chicoteou o bosque com a mesma força com que ela chicoteou o cavalo que empinou imenso, negro, os olhos saltados, arrancando-se das minhas mãos. Estatelada vi-o fugir por entre as árvores.

Fui atrás. O vento me cegava. Espinhos me esfrangalhavam a roupa mas eu corria alucinadamente na tentativa de impedir o que já sabia inevitável. Guiava-me a pluma vermelha que ora desaparecia, ora ressurgia por entre as árvores, flamejante na escuridão. Por duas vezes senti o cavalo tão próximo que poderia tocá-lo se estendesse a mão. Depois o galope foi se apagando até ficar apenas o uivo do vento.

Assim que atingi o campo desabei de joelhos. Um relâmpago estourou e por um segundo, por um brevíssimo segundo, consegui vislumbrar ao longe a pluma debatendo-se ainda. Então gritei, gritei com todas as forças que me restavam e tapei os ouvidos para não ouvir o eco de meu grito misturar-se ao ruído pedregoso de cavalo e cavaleira se despencando no abismo.

As Cerejas

Aquela gente teria mesmo existido? Madrinha tecendo a cortina de crochê com um anjinho a esvoaçar por entre rosas, a pobre Madrinha sempre afobada, piscando os olhinhos estrábicos, "Vocês não viram onde deixei meus óculos?". A preta Dionísia a bater as claras de ovos em ponto de neve, a voz ácida contrastando com a doçura dos cremes, "Esta receita é nova...". Tia Olívia enfastiada e lânguida, a se abanar com uma ventarola chinesa, a voz pesada indo e vindo ao embalo da rede, "Fico exausta no calor...". Marcelo muito louro — por que não me lembro da voz dele? — agarrado à crina do cavalo, agarrado à cabeleira da Tia Olívia, os dois tombando lividamente azuis sobre o divã. "Você levou as velas à Tia Olívia?", perguntou Madrinha lá embaixo. O relâmpago. Apagaram-se as luzes e no escuro que se fez, veio como resposta o ruído das cerejas despencando no chão.

    A casa em meio do arvoredo, o rio, as tardes como que suspensas na poeira do ar — desapareceu tudo sem deixar vestígios. Ficaram as cerejas, só elas resistiram com sua vermelhidão de loucura. Basta abrir a gaveta: algumas foram roídas e nessas o algodão estoura, empelotado, não, Tia Olívia, não eram de cera, eram de algodão as suas cerejas vermelhas.

Ela chegou inesperadamente. Um cavaleiro trouxe o recado do chefe da estação pedindo a charrete para essa visita que acabara de desembarcar.

— É Olívia — exclamou Madrinha. — É a prima! Alberto escreveu dizendo que ela viria, mas não disse quando, ficou de avisar. Eu ia mudar as cortinas, bordar umas fronhas e agora!... Justo Olívia. Vocês não podem fazer ideia, ela é de tanto luxo e a casa aqui é tão simples, não estou preparada, meus céus! O que é que eu faço, Dionísia, me diga agora o que é que eu faço!

Dionísia folheava tranquilamente um livro de receitas. Tirou um lápis da carapinha tosada e marcou a página com uma cruz.

— Como se já não bastasse esse menino que também chegou sem aviso...

O menino era Marcelo. Tinha apenas três anos mais do que eu mas era tão alto e tão elegante com suas belas roupas de montaria que tive vontade de entrar debaixo do armário quando o vi pela primeira vez.

— Um calor na viagem! — gemeu Tia Olívia em meio da onda de perfumes e malas. — E quem é este rapazinho?

— Pois este é o Marcelo, filho do Romeu — disse Madrinha. — Você não lembra do Romeu? Primo-irmão do Alberto...

Tia Olívia desprendeu do chapeuzinho preto dois grandes alfinetes de pérola em formato de pera. O galho de cerejas estremeceu no vértice do decote da blusa transparente. Desabotoou o casaco.

— Ah, minha querida, o Alberto tem tantos parentes, uma família enorme! Imagine se vou me lembrar de todos com esta minha memória. Ele veio passar as férias aqui?

Por um breve instante Marcelo deteve em Tia Olívia o olhar frio. Chegou a esboçar um sorriso, aquele mesmo sorriso que tivera quando Madrinha, na sua ingênua excitação, nos apresentou a ambos, "Pronto Marcelo, aí está sua priminha, agora vocês poderão brincar juntos…". Ele então apertou um pouco os olhos e se afastou.

— Não estranhe, Olívia, que ele é por demais arisco — segredou Madrinha ao ver que Marcelo saía da sala. — Se trocou comigo meia dúzia de palavras, foi muito. Aliás, toda a gente de Romeu é assim mesmo, são todos muito esquisitos. Esquisitíssimos!

Tia Olívia ajeitou com as mãos em concha o farto coque preso na nuca. Umedeceu os lábios com a ponta da língua.

— Tem *charme*…

Aproximei-me fascinada. Nunca tinha visto ninguém como Tia Olívia com aqueles olhos pintados de verde e com aquele decote assim fundo.

— É de cera? — perguntei tocando-lhe as cerejas.

Ela acariciou minha cabeça com um gesto distraído. Senti seu perfume.

— Acho que sim, querida. Por quê? Você nunca viu cerejas?

— Só na folhinha.

Ela teve um risinho cascateante. No rosto muito branco a boca parecia um largo talho aberto e com o mesmo brilho das cerejas.

— Na Europa são tão carnudas, tão frescas!

Marcelo também tinha morado na Europa com o avô. Seria isso que os fazia infinitamente superiores a nós? Pareciam pertencer a um outro mundo tão acima do nosso, ah! como éramos pobres. Diante de Marcelo e da Tia Olívia, só diante dos dois é que eu pude avaliar como éramos pequenos: eu, de unhas roídas e vestidos feitos por Dionísia e que pareciam as camisolas das bonecas de jornal que Simão costumava recortar com a tesoura do jardim. Madrinha, completamente tonta em meio às suas rendas e crochês. Dionísia, tão preta quanto enfatuada com as tais receitas secretas…

— Não quero é dar trabalho — murmurou Tia Olívia. Falava devagar, andava devagar. Sua voz foi se afastando assim com a mansidão de um gato subindo a escada. — Cansei-me muito, querida, agora preciso apenas de um pouco de sossego...

Fiquei ouvindo a voz forte de Madrinha que tagarelava sem parar, a chácara era muito modesta mas ela ia gostar, o clima era uma maravilha e o pomar nessa época do ano estava cheio de mangas, ela não gostava de mangas? Tinha também o laranjal que estava com laranjas deliciosas, ah! e também se ela quisesse montar tinha bons cavalos, Marcelo poderia acompanhá-la, era um ótimo cavaleiro, dia e noite vivia galopando... Ah, o médico proibira? Bem, os passeios a pé também eram lindos, no fim do caminho dos bambus tinha um lugar ideal para piqueniques, ela gostava de um piquenique?

Fui para a varanda e fiquei vendo as estrelas por entre a folhagem da paineira. Tia Olívia devia estar sorrindo a umedecer com a ponta da língua os lábios brilhantes. Na Europa as cerejas eram tão carnudas, na Europa...

Abri a caixa de sabonete escondida sob o tufo de samambaia. O escorpião foi saindo penosamente de dentro. Deixei-o caminhar um bom pedaço e só quando ele atingiu o centro da varanda é que me decidi a despejar a gasolina. Acendi o fósforo. As chamas azuis subiram num círculo fechado. O escorpião rodou sobre si mesmo, erguendo-se nas patas traseiras, procurando a saída. A cauda contraiu-se desesperadamente. Encolheu-se. Investiu e recuou em meio das chamas que se apertavam mais.

— Será que você não se envergonha de fazer uma maldade dessas?

Voltei-me. Marcelo cravou em mim o olhar feroz. Em seguida, avançando para o fogo, esmagou o escorpião no tacão da bota.

— Diz que ele se suicida, Marcelo, levanta a cauda e pica a cabeça...

— Era capaz mesmo quando descobrisse que o mundo está cheio de gente como você.

Tive vontade de atirar-lhe a gasolina na cara. Tapei o vidro.

— E não adianta ficar furiosa, vamos, olhe para mim.

Sua boba. Pare de chorar e prometa que não vai mais judiar dos bichos.

Encarei-o. Através das lágrimas ele pareceu-me naquele instante tão belo quanto um deus, um deus de cabelos dourados e botas, todo banhado de luar. Fechei os olhos. Já não me envergonhava das lágrimas, já não me envergonhava de mais nada. Um dia ele iria embora do mesmo modo imprevisto como chegara, um dia ele sairia sem se despedir e desapareceria para sempre. Mas isso também já não tinha importância. Marcelo, Marcelo! chamei. E só meu coração ouviu. Quando ele me tomou pelo braço e entrou comigo na sala parecia completamente esquecido do escorpião e do meu pranto. Voltou-lhe o sorriso.

— Então é essa a famosa Tia Olívia?

Enxuguei depressa os olhos na barra da saia.

— Ela é bonita, não?

Ele bocejou.

— Usa um perfume muito forte. E aquele galho de cerejas dependurado no peito. Tão vulgar.

— Vulgar?

Fiquei chocada. E contestei mas em meio da paixão com que a defendi, senti uma obscura alegria ao perceber que estava sendo derrotada.

— E além do mais, não é meu tipo — concluiu ele voltando o olhar indiferente para o trabalho de crochê que Madrinha deixara desdobrado na cadeira. Apontou para o anjinho esvoaçando entre grinaldas. — Um anjinho cego.

— Por que cego? — protestou Madrinha descendo a escada. Foi nessa noite que perdeu os óculos. — Cada ideia, Marcelo!

Ele debruçara-se na janela e parecia agora pensar em outra coisa.

— Tem dois buracos em lugar dos olhos.

— Mas crochê é assim mesmo, menino! No lugar de cada olho deve ficar uma casa vazia — esclareceu ela sem muita convicção. Examinou o trabalho. E voltou-se nervosamente para mim: — Por que não vai buscar o dominó para jogarem uma partida? E vê se encontra meus óculos que deixei por aí.

Quando voltei com a caixa do dominó, Marcelo já não estava na sala. Fiz um castelo com as pedras. E soprei-o com força. Perdia-o sempre, sempre. Passava as manhãs galopando como um louco. Almoçava rapidamente e mal terminava o almoço fechava-se no quarto e só reaparecia no lanche, pronto para sair outra vez. Restava-me correr até a varanda para vê-lo seguir em direção à estrada, cavalo e cavaleiro tão colados um ao outro que pareciam formar um corpo só.

Como um só corpo os dois tombaram no divã, tão rápido o relâmpago e tão longa a imagem, ele tão grande, tão poderoso e com aquela mesma expressão com que galopava agarrado à crina do cavalo, arfando doloridamente na reta final.

Foram dias de calor atroz os que antecederam à tempestade. A ansiedade estava no ar. Dionísia ficou mais casmurra, Madrinha ficou mais falante, procurando disfarçadamente os óculos nas latas de biscoitos ou nos potes de folhagem, esgotada a busca em gavetas e armários. Marcelo pareceu-me mais esquivo, mais crispado. Só Tia Olívia continuava igual, sonolenta e lânguida no seu negligê branco. Estendia-se na rede, desatava a cabeleira. E com um movimento brando ia se abanando com a ventarola. Às vezes vinha com as cerejas que se esparramavam no colo polvilhado de talco. Uma ou outra cereja resvalava por entre o rego dos seios e era então engolida pelo decote.

— Sofro tanto com o calor...

Madrinha tentava animá-la:

— Chovendo, Olívia, chovendo você verá como vai refrescar.

Ela sorria umedecendo os lábios com a ponta da língua.

— Você acha que vai chover?

— Mas claro, as nuvens estão baixando, a chuva já está aí. E vai ser um temporal daqueles. Só tenho medo é que apanhe esse menino lá fora. Você já viu um menino mais

esquisito, Olívia? Tão fechado, não? E sempre com aquele arzinho de desprezo...
— É da idade, querida, é da idade.
— Parecido com o pai. Romeu tem essa mesma mania com cavalo.
— Ele monta tão bem, é tão elegante.
Defendia-o sempre enquanto ele a atacava: "É afetada, esnobe. E como representa, parece que está sempre no palco!". Eu contestava, mas de forma que o incitava a prosseguir atacando.
Lembro que as primeiras gotas de chuva caíram ao entardecer, mas a tempestade continuava ainda em suspenso, fazendo com que o jantar se desenrolasse numa atmosfera abafada. Densa. Pretextando dor de cabeça, Tia Olívia recolheu-se mais cedo. Marcelo, silencioso como de costume, comeu de cabeça baixa. Duas vezes deixou cair o garfo.
— Vou ler um pouco — despediu-se assim que nos levantamos.
Fui com Madrinha para a saleta. Um raio estalou de repente. Como se esperasse por esse sinal a casa ficou completamente às escuras enquanto a tempestade desabava.
— Queimou o fusível! — gemeu Madrinha. — Vai, filha, vai depressa buscar o maço de velas mas leva primeiro ao quarto de Tia Olívia. E fósforos, não esqueça os fósforos!
Subi a escada. A escuridão era tão viscosa que se eu estendesse a mão, poderia senti-la amoitada como um bicho por entre os degraus. Tentei acender a vela mas o vento me envolveu. Escancarou-se a porta do quarto de Tia Olivia e em meio do relâmpago que rasgou a treva vi os dois corpos completamente azuis tombando enlaçados no divã.
Afastei-me cambaleando. Agora as cerejas despencavam sonoras como bagos de chuva caindo de uma goteira. Fechei os olhos. Mas a casa continuava a rodopiar desgrenhada e lívida com os dois corpos rolando na ventania.
— Levou as velas para Tia Olívia? — perguntou Madrinha.

Desabei num canto da sala fugindo da luz do castiçal aceso em cima da mesa.
— Ninguém respondeu, ela deve estar dormindo.
— E Marcelo?
— Não sei, deve estar dormindo também.
Madrinha aproximou-se com o castiçal:
— Mas o que você tem, menina? Está doente? Não está com febre? Hein?! Mas a sua testa está queimando... Dionísia traga uma aspirina, esta menina está com um febrão, olha aí!
Até hoje não sei quantos dias me debati esbraseada, a cara vermelha, os olhos vermelhos, escondida debaixo das cobertas para não ver por entre clarões de fogo as cerejas e os escorpiões em brasa, estourando no chão.
— Foi um sarampo tão forte — disse Madrinha ao entrar certa manhã no quarto. — Como você chorava, dava pena ver como você chorava! Nunca vi um sarampo doer tanto assim.
Sentei-me na cama e fiquei olhando uma borboleta branca pousada no pote de avencas da janela. Voltei-me em seguida para o céu limpo. Tinha um passarinho cantando na paineira. Madrinha então disse:
— Marcelo foi embora ontem à noite, quando vi ele já estava de mala pronta, sabe como ele é... Veio até aqui se despedir mas você estava dormindo tão profundamente!
Dois dias depois, Tia Olívia também partia. Vestia o costume preto e o chapeuzinho com os alfinetes de pérolas espetados no feltro. Na blusa, bem no vértice do decote, o galho de cerejas. Sentou-se na beirada da minha cama
— Que susto você nos deu, querida! — começou com sua voz pesada. — Pensei que fosse alguma doença grave. Agora está boazinha!
Prendi a respiração para não sentir seu perfume.
— Ótimo! Não te beijo porque ainda não tive sarampo — disse calçando as luvas. Riu o risinho cascateante. — E tem graça eu pegar nesta altura uma doença de criança?
Cravei o olhar nas cerejas que se entrechocavam sonoras entre os seus seios. Ela desprendeu-as rapidamente:

— Já vi que você gosta delas, pronto, uma lembrança minha.
— Mas ficam tão lindas aí — lamentou Madrinha. — Ela nem vai usar, bobagem, Olívia, leve suas cerejas!
— Comprarei outras.
Durante o dia seu perfume ainda pairou pelo quarto. Ao anoitecer Dionísia abriu as janelas. E só ficou o perfume da noite.
— Tão encantadora a Olívia! — suspirou Madrinha sentando-se ao meu lado com sua cesta de costura. — Vou sentir falta dela, um encanto de criatura. O mesmo já não posso dizer daquele menino. Romeu também era assim mesmo, o filho saiu igual ao pai. Os dois sempre às voltas com cavalos, eles montam feito índios! Eu quase tinha um enfarte quando via Marcelo galopar.

Exatamente um ano depois ela repetiria num outro tom esse mesmo comentário ao receber a carta onde Romeu comunicava que Marcelo tinha morrido de uma queda de cavalo.
— Anjinho cego, que ideia! — prosseguiu ela desdobrando a cortina de crochê nos joelhos. — Já estou com saudades de Olívia, mas dele?...
Sorriu alisando o crochê com as pontas dos dedos. Tinha encontrado os óculos.

Sobre Lygia Fagundes Telles e Este Livro

Poesia das Coisas
POSFÁCIO / IVAN MARQUES

Dez narrativas. A primeira, que dá título à coletânea, é o desabafo feito publicamente, em auditório, por um velho filósofo. As outras, em sua maior parte, são contadas também na primeira pessoa por personagens que sabem pouco de si mesmas e que aos poucos, diante dos leitores, vão tirando suas máscaras, revolvendo seus enigmas, revelando (descobrindo) a própria história.

Trata-se, pois, de um conjunto de relatos cuja marca mais saliente é dada pelo caráter confessional. Neles desponta quase sempre a subjetividade hipertrofiada de um eu narrativo que se comporta também como eu lírico, tamanha é a voltagem poética envolvida em seus registros e percepções. O protagonista do primeiro conto, por exemplo, é mais poeta do que filósofo. No lugar dos arrazoados de uma conferência, o que ele oferece é a narrativa em frangalhos de uma vida louca, uma comédia de erros em que não faltam lances trágicos, vivida por alguém que "tinha um coração ardente".

Coração: centro primitivo e selvagem da existência humana. Desse cerne vital e do sangue que por ele circula, dessa pulsão de vida — indissociável, por sua vez, de suas destrutivas pulsões contrárias — é que Lygia Fagundes Telles extrai as histórias reunidas neste livro.

Reiterando as pulsações do coração, a cor vermelha, símbolo de ardor e beleza, que remete tanto a Eros como a Tânatos, é uma presença que parece impregnar todas as páginas, ressurgindo o tempo inteiro em fitas, adereços, flores, cerejas, plumas, cabelos, unhas, faces em brasa, olhos flamejantes, como se tudo, absolutamente tudo, estivesse contaminado pela "vermelhidão de loucura".

Os contos foram escritos em épocas diversas, da década de 1950, quando a autora afirmou seu talento no gênero, até o começo dos anos 1980. É possível perceber ao longo do tempo como a chama da vida e seus correlatos (desejo, paixão, busca da beleza, ânsia de liberdade) se convertem em motivos recorrentes e estruturantes, que atravessam toda a obra literária de Lygia Fagundes Telles. Alma sedenta (contemplativa, sonhadora, espiritualista), a escritora possuiria ela mesma "um coração ardente". Daí a inclinação para devaneios, delírios e disparates, matéria-prima das narrativas que o leitor tem em mãos.

Observe-se, porém, nessas histórias, o contraste significativo que há entre a busca do sonho e seu desvirtuamento, isto é, a irrupção — tanto na linguagem como na composição da intriga — de um inesperado realismo a interpor toda sorte de desenganos e obstáculos no caminho das personagens. De um lado, acumulam-se suicídios e mortes trágicas. É o despenhadeiro para o qual se dirigem, numa carreira desabalada (não raro em cavalos), várias das personagens apresentadas pela autora — em "O Encontro", por exemplo, o sonho consiste em contemplar e reviver a própria morte, como se a pessoa "estivesse sendo sonhada". De outro lado, ocorre a intromissão decisiva do realismo quase microscópico, que se volta obsessivamente para os pormenores do cotidiano, contrapondo ao ardor do delírio o acanhamento da "vida menor", para usar uma expressão de Carlos Drummond de Andrade.

As personagens de Lygia Fagundes Telles são espíritos famintos que gostariam de tocar as estrelas e a própria "face de Deus". Entretanto, esse impulso para o ardente e o iridescente é contrariado por uma espécie impura e rebaixada de lirismo, cuja matéria vem a ser exatamente a pequenez da qual, no primeiro movimento, a alma sequiosa pretendia escapar. Poderíamos chamar esse lirismo de poesia das coisas. Para realizá-lo, a autora utiliza uma linguagem natural e comunicativa, beneficiando-se das lições de uma importante tradição que se formou no Brasil, especialmente após o modernismo, de escritores praticantes da simplicidade.

A propósito da temática, já se observou que o trabalho de Lygia Fagundes Telles ultrapassa os limites do universo feminino e da classe burguesa, aos quais tem sido ordinariamente atrelado. As histórias reunidas em *Um Coração Ardente* evidenciam essa expansão do espectro, pois nelas há o mesmo número de protagonistas masculinos e femininos. Quanto ao aspecto social, chama atenção o olhar reiterado sobre a pobreza — carência que estimula os desejos, ao mesmo tempo que lhes serve, realisticamente, de contrapeso. A pobreza é tema destacado em "A Estrela Branca" e, sobretudo, em "Biruta" e "Dezembro no Bairro", ambos focalizando crianças. No conto "As Cerejas", a jovem protagonista sofre com a assimetria social: "Ah! Como éramos pobres". Já a narradora de "Emanuel" procura justificar por meio da inferioridade de classe sua propensão para delírios e mentiras: "É que nunca tive nada, nem uma família importante, nem empregos, nunca a alegria do supérfluo que só o dinheiro dá, mas que dinheiro?!".

O espectro humano e social mostra-se amplo, mas os recortes parecem imprecisos, isto é, as categorias do tempo e do espaço são relativizadas, exatamente como convém aos mitos, aos contos de fada, aos sonhos e pesadelos, à beleza surrealista. Da mistura de delírio e realismo resultam, então, essas narrativas misteriosas de Lygia Fagundes Telles, marcadas ao mesmo tempo pela presença do insólito e pelo enquadramento não em datas ou espaços determinados (não há referências a épocas ou acontecimentos históricos, e vagamente se sabe que estamos em São Paulo), mas na lucidez do pensamento, na escrita equilibrada e no gosto pelo concreto, que presidem à sua criação literária.

As situações são intrigantes: o sujeito que na hora do casamento não se lembra de quem é a noiva; os olhos recebidos em doação, que se recusam a obedecer ao novo dono; o sinistro dedo de mulher encontrado numa praia "onde a morte era natural"; a moça que assiste ao acidente que a matou, no mencionado conto "O Encontro" — e uma infinidade de coisas que, mesmo não sendo absurdas, estão por assim dizer banhadas em estranhamento. Os fatos corriqueiros deixam de sê-lo por causa das deformações impostas por seres desgovernados, que de repente perdem a memória, a visão, o senso de realidade. Para essas criaturas de movimentada vida interior, mas carentes de objetividade e até mesmo cegas — como os anjinhos de crochê sem olhos do conto "As Cerejas", feitos por uma personagem que por sua vez perde os óculos —, o que resta é apenas o desconcerto do mundo, as coisas veladas que elas se esforçam por compreender, e que se tornam muitas vezes ainda mais confusas.

O conhecimento, também aqui, define-se sobretudo como lembrança e reconhecimento. A imagem do véu descerrado, que ocorre no clímax de "O Noivo", serve de metáfora para o processo que se repete em diversos contos. Segredos podem ser revelados também por meio da leitura de textos secretos, como ocorre em "As Cartas". Além do desvelamento, reiteram-se dois motivos complementares: o da tempestade que desabafa os ambientes e o do relâmpago que rasga a escuridão. Daí também a frequência com que surge na boca das personagens a interjeição de espanto "ah", exprimindo ora dor, ora dúvida, e outras vezes ironia e impaciência: "Ah, meu Deus, meu Deus, como poderei contar todo esse horror se tenho a boca seca" ("A Estrela Branca"); "ah! queria virar uma formiguinha para entrar nesse vulcão" ("Emanuel"); "ah! vida tão louca e ao mesmo tempo tão lúcida" ("Um Coração Ardente"). A queda das máscaras pode significar tanto uma alegre descoberta como um desengano perturbador. Entretanto, é a via que por destino terá de ser percorrida nessas histórias em que se fala ao mesmo tempo de trevas e de estrelas.

No plano da linguagem, ocorrem outras tantas revelações e achados insólitos. Para figurar os sonhos das personagens — seu conhecimento através de delírios —, a prosa se enche de um lirismo tão espantoso quanto espontâneo, que parece brotar a partir de associações simples e diretas, numa escuta afiada de movimentos ínfimos, porém ardentes, do mundo físico, como se a escritora habitasse um território em que a poesia, a exemplo da morte, fosse natural. Que se recorde, a esse respeito, sua particular atenção ao mundo animal, especialmente a insetos como formigas, borboletas, moscas, ou aracnídeos como aranhas e escorpiões, cuja presença se cruza com a dos homens compondo, no dizer de Silviano Santiago, "um amálgama estilístico original, que é marca registrada da ficcionista paulista".[1]

O lirismo de Lygia Fagundes Telles resulta dessa percuciência e de um poderoso senso do concreto, conforme se pode ver em frases como estas, extraídas do conto "As Cartas": "Desatei a fita e as cartas agora livres pareciam tomar fôlego como seres vivos"; "a chama foi avançando e agora eram as cartas que contraindo-se com estalidos secos pareciam rir". Ou nestes fragmentos do conto "As Cerejas": "A escuridão era tão viscosa que se eu estendesse a mão, poderia senti-la amoitada como um bicho por entre os degraus"; "Agora as cerejas despencavam sonoras como bagos de chuva…". Em todos esses exemplos, observa-se o processo de vivificação das coisas inertes, de concretização das abstratas, de visualização das opacas — numa palavra, de animação, por meio de símiles e metáforas, de um mundo mudo, mínimo, insuspeitado.

A beleza literária não está aqui para nos afastar da realidade, mas ao contrário para torná-la mais densa e perceptível, como a indicar que a poesia está mesmo nas coisas, e não fora delas. Se o ímpeto poético ultrapassa de modo espúrio o plano do real e do natural, a autora é a primeira a denunciá-lo. No conto "O Noivo", o protagonista desmemoriado vê o espelho flutuar na sombra como um peixe no fundo do mar, mas em meio ao delírio observa: "É isso, um peixe luminoso, é poético, mas não estou num navio que afundou, estou no meu quarto…". Advertência semelhante é feita pela narradora de "O Dedo", que identifica em si mesma duas faces, uma racional e outra dada a hipérboles e exageros. Nesse conto cujo tema central é a própria criação literária, ressoa uma lição cabralina de contenção e paciência: "Vamos", diz a face lúcida, "nada de convulsões, sei que você é da família dos possessos mas não escreva como uma possessa, fale em voz baixa, calmamente".

Digamos então que, assim como os achados poéticos, os delírios narrados em *Um Coração Ardente* são submetidos à vigilância de uma consciência de fundo. Sua intenção parece ser conduzir-nos

---

[1] "O avesso da festa". In: TELLES, Lygia Fagundes. *Ciranda de Pedra*. São Paulo: Companhia das Letras, 2009. p. 207.

a uma visão por excelência realista da existência, para a qual convergem não só as revelações contidas nos enredos, mas os próprios procedimentos de linguagem que as enunciam. Conforme observou Alfredo Bosi a respeito dos contos de *A Estrutura da Bolha de Sabão* (1978), trata-se de um surrealismo "curtido por uma notação miúda, sofridamente miúda, do cotidiano".[2] Estudo, exposição, descrição, anatomia, "notação miúda"... Nesses termos utilizados pela crítica para definir a literatura de Lygia Fagundes Telles, repare o leitor a convergência em torno de uma ideia central: o caráter objetivo e analítico de seu realismo/racionalismo.

De acordo com Paul Claudel, a poesia não tem como objeto o mundo dos sonhos, mas a realidade que nos cerca, o universo das coisas invisíveis. A detalhista autora dos contos reunidos neste volume se alimenta de achados e guardados diversos. Pequenos objetos aparentemente insignificantes e subitamente iluminados. Coisas invisíveis, como disse o poeta francês, mas vistas sempre de perto — e com o coração ardente.

IVAN MARQUES é professor de literatura brasileira na Faculdade de Filosofia, Letras e Ciências Humanas da Universidade de São Paulo (FFLCH-USP).

2 "A decomposição do cotidiano em contos de Lygia Fagundes Telles". In: TELLES, Lygia Fagundes. *A Estrutura da Bolha de Sabão*. São Paulo: Companhia das Letras, 2010. p. 170.

A Autora

Lygia Fagundes Telles nasceu em São Paulo e passou a infância no interior do estado, onde o pai, o advogado Durval de Azevedo Fagundes, foi promotor público. A mãe, Maria do Rosário (Zazita), era pianista. Voltando a residir com a família em São Paulo, a escritora fez o curso fundamental na Escola Caetano de Campos e em seguida ingressou na Faculdade de Direito do Largo São Francisco, da Universidade de São Paulo, onde se formou. Quando estudante do pré-jurídico cursou a Escola Superior de Educação Física da mesma universidade.

Ainda na adolescência manifestou-se a paixão, ou melhor, a vocação de Lygia Fagundes Telles para a literatura, incentivada pelos seus maiores amigos, os escritores Carlos Drummond de Andrade, Erico Verissimo e Edgard Cavalheiro. Contudo, mais tarde a escritora viria a rejeitar seus primeiros livros porque em sua opinião "a pouca idade não justifica o nascimento de textos prematuros, que deveriam continuar no limbo".

Ciranda de Pedra (1954) é considerada por Antonio Candido a obra em que a autora alcança a maturidade literária. Lygia Fagundes Telles também considera esse romance o marco inicial de suas obras completas. O que ficou para trás "são juvenilidades". Quando da sua publicação o romance foi saudado por críticos como Otto Maria Carpeaux, Paulo Rónai e José Paulo Paes. No mesmo ano, fruto de seu primeiro casamento, nasceu o filho Goffredo da Silva Telles Neto, cineasta, e que lhe deu as duas netas: Lúcia e Margarida. Ainda nos anos 1950, saiu o livro *Histórias do Desencontro* (1958), que recebeu o prêmio do Instituto Nacional do Livro.

O segundo romance, *Verão no Aquário* (1963), prêmio Jabuti, saiu no mesmo ano em que já divorciada casou-se com o crítico de cinema Paulo Emílio Sales Gomes. Em parceria com ele escreveu o roteiro para cinema *Capitu* (1967), baseado em *Dom Casmurro*, de Machado de Assis. Esse roteiro, que foi encomenda de Paulo Cezar Saraceni, recebeu o prêmio Candango, concedido ao melhor roteiro cinematográfico.

A década de 1970 foi de intensa atividade literária e marcou o início da sua consagração na carreira. Lygia Fagundes Telles publicou, então, alguns de seus livros mais importantes: *Antes do Baile Verde* (1970), cujo conto que dá título ao livro recebeu o Primeiro Prêmio no Concurso Internacional de Escritoras, na França; *As Meninas* (1973), romance que recebeu os prêmios Jabuti, Coelho Neto da Academia Brasileira de Letras e "Ficção" da Associação Paulista de Críticos de Arte (APCA); *Seminário dos Ratos* (1977), premiado pelo PEN Clube do Brasil. O livro de contos *Filhos Pródigos* (1978) seria republicado com o título de um de seus contos, *A Estrutura da Bolha de Sabão* (1991).

A Disciplina do Amor (1980) recebeu o prêmio Jabuti e o prêmio APCA. O romance *As Horas Nuas* (1989) recebeu o prêmio Pedro Nava de Melhor Livro do Ano.

Os textos curtos e impactantes passaram a se suceder na década de 1990, quando, então, é publicado *A Noite Escura e Mais Eu* (1995), que recebeu o prêmio Arthur Azevedo da Biblioteca Nacional, o prêmio Jabuti e o prêmio Aplub de Literatura. Os textos do livro *Invenção e Memória* (2000) receberam os prêmios Jabuti, APCA e o "Golfinho de Ouro". *Durante Aquele Estranho Chá* (2002), textos que a autora denomina de "perdidos e achados", antecedeu o seu mais recente livro, *Conspiração de Nuvens* (2007), que mistura ficção e memória e foi premiado pela APCA.

Em 1998, foi condecorada pelo governo francês com a Ordem das Artes e das Letras, mas a consagração definitiva viria com o prêmio Camões (2005), distinção maior em língua portuguesa pelo conjunto da obra.

Lygia Fagundes Telles conduziu sua trajetória literária trabalhando ainda como procuradora do Instituto de Previdência do Estado de São Paulo, cargo que exerceu até a aposentadoria. Foi ainda presidente da Cinemateca Brasileira, fundada por Paulo Emílio Sales Gomes. É membro da Academia Paulista de Letras e da Academia Brasileira de Letras. Teve seus livros publicados em diversos países: Portugal, França, Estados Unidos, Alemanha, Itália, Holanda, Suécia, Espanha e República Checa, entre outros, com obras adaptadas para tevê, teatro e cinema.

Vivendo a realidade de uma escritora do terceiro mundo, Lygia Fagundes Telles considera sua obra de natureza engajada, comprometida com a difícil condição do ser humano em um país de tão frágil educação e saúde. Participante desse tempo e dessa sociedade, a escritora procura apresentar através da palavra escrita a realidade envolta na sedução do imaginário e da fantasia. Mas enfrentando sempre a realidade desse país: em 1976, durante a ditadura militar, integrou uma comissão de escritores que foi a Brasília entregar ao ministro da Justiça o famoso "Manifesto dos Mil", veemente declaração contra a censura assinada pelos mais representativos intelectuais do Brasil.

Lygia Fagundes Telles já declarou em uma entrevista: "A criação literária? O escritor pode ser louco, mas não enlouquece o leitor, ao contrário, pode até desviá-lo da loucura. O escritor pode ser corrompido, mas não corrompe. Pode ser solitário e triste e ainda assim vai alimentar o sonho daquele que está na solidão".

Na página 99, retrato da autora feito por Carlos Drummond de Andrade na década de 1970.

Esta obra foi composta em
Utopia e Trade Gothic por
warrakloureiro/ Alice Viggiani
e impressa em ofsete pela
Gráfica Paym sobre papel
Pólen Bold da Suzano S.A.
para a Editora Schwarcz
em julho de 2021

A marca FSC® é a garantia de que a madeira utilizada na fabricação do papel deste livro provém de florestas que foram gerenciadas de maneira ambientalmente correta, socialmente justa e economicamente viável, além de outras fontes de origem controlada.